新装版

齋藤孝のイッキによめる！世界の偉人伝

イッキよみ！

講談社

齋藤孝のイッキによめる！世界の偉人伝 もくじ

まえがき

ぼくは子《こ》どものころ、ナポレオンになりたいと思《おも》っていた。小学生《しょうがくせい》のときに書《か》いた、ナポレオンの伝記《でんき》についての読書感想文《どくしょかんそうぶん》のことも、よくおぼえている。

いまのぼくは、ナポレオンみたいな英雄《えいゆう》になっているわけじゃないけれども、そういう気持《きも》ちは、いまの自分《じぶん》の中《なか》にも生《い》きつづけているんだ！　小学生時代《しょうがくせいじだい》に「すごいなー！」と思《おも》った興奮《こうふん》というのは、大人《おとな》になってものこるものなんだね！

だから、小学生《しょうがくせい》のときこそ、偉人伝《いじんでん》を読《よ》むべきだとぼくは思《おも》っている。

でも、いまの子《こ》どもたちにきいてまわったら、物語《ものがたり》はよく読《よ》むけど、偉《い》人伝《じんでん》はあんまり読《よ》まないっていう子《こ》もわりと多《おお》かったので、もったいないと思《おも》ったんだね。

それで、何冊《なんさつ》も読《よ》むとなると時間《じかん》がかかっちゃうかもしれないから、まずは知《し》ってもらおうと、今回《こんかい》はイッキに！　十九組《くみ》、コラムまでいれると三十人《にん》の偉人《いじん》に登場《とうじょう》してもらったんだ。ソクラテスやカエサルといった、紀元前《きげんぜん》の古《ふる》い時代《じだい》の人《ひと》たちから、このあいだまで生《い》きていたアインシュタインやマザー・テレサといった人《ひと》たちまで、いろんな時代《じだい》にわたっている。

これを読《よ》めば、人類《じんるい》の歴史《れきし》というものが、どんなにすごい人《ひと》たちが切《き》りひらいたものなのか、わかると思《おも》う。

そして、偉人《いじん》の活動《かつどう》には、時代《じだい》という背景《はいけい》が切《き》っても切《き》りはなせないんだ。ダ・ビンチはルネサンスの時代《じだい》、ひとりで新《あたら》しいものをつくったわけじゃなくて、ミケランジェロや、多《おお》くの作家《さっか》たちみんなで、まいあがった空気《くうき》の中《なか》でやっていた。ナポレオンもフランス革命《かくめい》というものがあって、市民中心《しみんちゅうしん》の社会《しゃかい》を世界《せかい》にひろめようとした。人《ひと》は帆船《はんせん》のようなもので、そういう時代《じだい》の空気《くうき》を帆《ほ》にうけてうごいている。だから偉人伝《いじんでん》を読《よ》むと、その歴史《れきし》もわかってくるんだ。

それから今回《こんかい》、この本《ほん》にとりあげる人物《じんぶつ》をえらぶにあたって、こういう人《ひと》を多《おお》くしようと思《おも》った基準《きじゅん》がある。それは、

チャレンジしている人《ひと》

偉人《いじん》というのは、それぞれみんないろんなことにチャレンジしている人《ひと》たちなんだけど、とりわけ、それまで「これはできないこと。」とか、「これはこういうものだ。」って思《おも》われていたことをかえてしまった人《ひと》たちを、たくさんとりあげたんだ。どうしてかというと、そんな、みんながやる前《まえ》からあきらめているようなことを、実際《じっさい》にやってみる勇気《ゆうき》が、いちばん大《たい》

切《せつ》だと思《おも》うからだ。

この本《ほん》の偉人伝《いじんでん》をイッキに！　読《よ》むことで、みんなの中《なか》に、「チャレンジしたい。」という気持《きも》ちがどんどんわきあがってくるはずだ。そして、自分《じぶん》の中《なか》に、そういった偉人《いじん》たちがたくさんすんで、勇気《ゆうき》づけてくれるようになると、いざというときにも、「負《ま》けないぞ。」という気持《きも》ちになれると思《おも》うんだ。

明治大学教授《めいじだいがくきょうじゅ》　齋藤《さいとう》　孝《たかし》

この宇宙《うちゅう》をかんたんな数式《すうしき》で説明《せつめい》した天才《てんさい》科学者《かがくしゃ》

アインシュタイン

アルバート・アインシュタイン（1879 ～ 1955 年）
ドイツ生まれ。のちにアメリカに亡命。
相対性理論によって、19 世紀までの物理学の
常識をまるっきりかえてしまった
20 世紀を代表する物理学者。
1921 年にノーベル物理学賞を受賞。

「なぜ空《そら》は青《あお》いんだろう？」

「なぜ太陽《たいよう》は明《あか》るいんだろう？」

なぜ？　なぜ？　知《し》りたい！　……それはアルバート・アインシュタインが、小《ちい》さなころからずっといだきつづけている、ごまかせない気持《きも》ちだった。

彼《かれ》の心《こころ》は、謎《なぞ》であふれる世界《せかい》に対《たい》するときめきと、謎解《なぞと》きをしたいという欲求《よっきゅう》で、つねにいっぱいだった。


「ああ、しまった……。」

アインシュタインは、ふと、我《われ》にかえった。手元《てもと》の書類《しょるい》の裏《うら》には、文字《もじ》や図《ず》がびっしりと書《か》きこまれている。すべて自分《じぶん》が、無意識《むいしき》に書《か》いたものだ。

アインシュタインは顔《かお》をしかめた。それに気《き》づいたとなりの席《せき》の同僚《どうりょう》が笑《わら》う。

「なんだアルバート？　またやっちまったのか？」

「……ああ。」

「ははっ、おまえはえらく仕事《しごと》ができるけど、そのくせはなおさないとな。」

「まったくだ……わかってるんだがなあ……。」

アインシュタインはうらめしげに書類《しょるい》を見《み》ながら、苦笑《にがわら》いをした。

ここはスイスの特許局《とっきょきょく》の一室《いっしつ》。アルバート・アインシュタインはここで、申《しん》請《せい》された特許《とっきょ》の書類《しょるい》をまとめなおす仕事《しごと》をしていた。まじめでユーモアがあり、仕事《しごと》ができるアインシュタインは、同僚《どうりょう》からも上司《じょうし》からも評判《ひょうばん》がよかったが、ひとつだけ、わるいくせがあった。

「また書類《しょるい》をダメにしてしまったな。」

彼《かれ》はなにか思《おも》いつくと仕事《しごと》そっちのけで、手元《てもと》にある紙《かみ》にひたすらアイデアをメモしてしまうのだ。ほとんど無意識《むいしき》の行動《こうどう》とはいえ、わるいくせにはかわりない。アインシュタインは頭《あたま》をかいて、一《いち》から書類《しょるい》をつくりなおしはじめた。

つぎの日《ひ》、アインシュタインは公園《こうえん》のベンチで考《かんが》えごとにふけっていた。その日《ひ》の仕事《しごと》は、すでにおわらせていた。書類《しょるい》にメモを書《か》くくせさえ出《で》なければ、彼《かれ》はほかの人《ひと》が一日《にち》かかる仕事《しごと》を三時間《じかん》でできた。

「…………」

アインシュタインは池《いけ》の水面《すいめん》でキラキラとかがやく光《ひかり》を、ずっと見《み》ていた。他人《たにん》から見《み》たら、その姿《すがた》はぼんやりしているとしか見《み》えないだろう。でも彼《かれ》の頭《あたま》の中《なか》は活発《かっぱつ》にうごいていた。いつものようにうかんでくる疑問《ぎもん》。そしてそれを解《と》きあかしたいという気持《きも》ちが、全身《ぜんしん》をかけめぐっていた。

「光《ひかり》……遠《とお》い光《ひかり》……近《ちか》い光《ひかり》……近《ちか》づく光《ひかり》……遠《とお》ざかる光《ひかり》……光《ひかり》とはなんだ？」

当時《とうじ》は、音《おと》が空気《くうき》をつたわるように、光《ひかり》はエーテルという物質《ぶっしつ》をつたわると考《かんが》えられていた。そのため、科学者《かがくしゃ》たちはエーテルを見《み》つけようとしていたが、どんなに実験《じっけん》をかさねても、エーテルは見《み》つからなかった。それどころか、それまでの実験《じっけん》からは、空間《くうかん》と時間《じかん》がちぢんでいるという、考《かんが》えられない結果《けっか》がでてしまい、みんな頭《あたま》をなやませていた。

「エーテル……見《み》ることができないもの。光《ひかり》、けっしてさわれないもの……。」

ひたすら、アインシュタインは考《かんが》えつづけた。気《き》づけば高《たか》かった日《ひ》も、いつのまにかかたむきはじめている。

「ああ……時間《じかん》というのは、あっというまにたってしまうなあ。これもまた不《ふ》思議《しぎ》なことだ……。」

アインシュタインが、ふつうの人《ひと》ともっとちがっていたのは、単《たん》なる頭《あたま》の良《よ》さではない。ふつうの人《ひと》なら「どうして?」と思《おも》ったとしても、ほどなく考《かんが》えるのをやめてしまうような事柄《ことがら》について、彼《かれ》は何時間《なんじかん》でも、何日《なんにち》でも、何年《なんねん》でも考《かんが》え、解決《かいけつ》しようとしつづけたのだ。

「まてよ……我々《われわれ》はエーテルにこだわりすぎているのかも。エーテルが見《み》つからないのは、それが存在《そんざい》しないからかもしれない。無理《むり》して見《み》つけなくてもいいじゃないか。」

アインシュタインの顔《かお》がぱっと明《あか》るくなった。その目《め》には水面《すいめん》のてりかえしがキラキラとうつっていた。

「そうだ。光《ひかり》の速《はや》さはどんなときもかわらない。それだけを絶対《ぜったい》の基準《きじゅん》として、まるっきり最初《さいしょ》から考《かんが》えてみよう。うん、おもしろくなってきたぞ！」

そうして、数年《すうねん》にわたる研究《けんきゅう》をつみかさねたアインシュタインは、その結論《けつろん》をまとめあげ、「特殊相対性理論《とくしゅそうたいせいりろん》」として一九〇五年《ねん》に発表《はっぴょう》した。

その理論《りろん》とは、光《ひかり》の速《はや》さはかわらないが、空間《くうかん》と時間《じかん》がのびたりちぢんだりするという斬新《ざんしん》なもので、世界中《せかいじゅう》に衝撃《しょうげき》をあたえた。それまでの物理学《ぶつりがく》にはなかった新《あたら》しい発想《はっそう》が、美《うつく》しく整然《せいぜん》とした理論《りろん》によって展開《てんかい》されていたのだ。

そしてさらに一九一六年《ねん》には、重力《じゅうりょく》と光《ひかり》、時間《じかん》、空間《くうかん》との関係《かんけい》についてまとめた「一般相対性理論《いっぱんそうたいせいりろん》」を発表《はっぴょう》する。

これらの理論《りろん》によれば、惑星《わくせい》の軌道《きどう》といった宇宙《うちゅう》のさまざまな事柄《ことがら》について、科学的《かがくてき》に説明《せつめい》ができてしまった。

物理学《ぶつりがく》の新時代《しんじだい》が、この「相対性理論《そうたいせいりろん》」からはじまったのだ。

そして一九二一年《ねん》、アインシュタインはノーベル物理学賞《ぶつりがくしょう》を受賞《じゅしょう》する。アルバート・アインシュタインはすっかり世界的《せかいてき》な科学者《かがくしゃ》となった。

ところが、それからの彼《かれ》の人生《じんせい》は、とてもあわただしいものになってしまった。

あるとき、講演《こうえん》でベルギーをおとずれていたアインシュタインに、知人《ちじん》から連絡《れんらく》がはいった。

「アルバート、よくきくんだ。いまドイツにもどるとナチスにつかまって処刑《しょけい》されるかもしれない。このまま亡命《ぼうめい》しろ！」

ユダヤ系《けい》だったアインシュタインは、ユダヤ人《じん》を追放《ついほう》しようとするヒトラーにねらわれてしまった。彼《かれ》の家《いえ》や財産《ざいさん》はすべて没収《ぼっしゅう》され、彼《かれ》は当時《とうじ》くらしていたドイツからアメリカに亡命《ぼうめい》することになる。

ところが亡命先《ぼうめいさき》のアメリカでも、やがて事件《じけん》がおきる。

彼《かれ》の相対性理論《そうたいせいりろん》をもとに、原子爆弾《げんしばくだん》が研究開発《けんきゅうかいはつ》されることになってしまうのだ。それは「ナチスの兵器《へいき》に対抗《たいこう》するため」という名目《めいもく》だったが、実際《じっさい》にはそのおそるべき爆弾《ばくだん》は日本《にっぽん》で投下《とうか》され、数十万人《すうじゅうまんにん》にものぼる犠牲者《ぎせいしゃ》をだすことになった。

「ああ、なんということだ！」

以前《いぜん》、講演《こうえん》で日本《にっぽん》をおとずれたことがあったアインシュタインは、その国土《こくど》の美《うつく》しさと人々《ひとびと》のやさしさに感動《かんどう》し、この国《くに》をいたく気《き》にいっていたのだ。

「わたしの理論《りろん》でつくられた爆弾《ばくだん》が、多《おお》くの人々《ひとびと》を傷《きず》つけてしまった！　しか

も愛《あい》すべき国《くに》の人々《ひとびと》を……。」

彼《かれ》は深《ふか》く後悔《こうかい》し、戦争終了後《せんそうしゅうりょうご》、原子科学者緊急委員会《げんしかがくしゃきんきゅういいんかい》の議長《ぎちょう》として、原子力《げんしりょく》のおそろしさを世界《せかい》にうったえた。二度《にど》とその力《ちから》がわるいことにつかわれないように。


二十世紀《せいき》を代表《だいひょう》する科学者《かがくしゃ》アインシュタインは、心臓病《しんぞうびょう》で入院《にゅういん》した病院《びょういん》で、七十六歳《さい》で亡《な》くなった。

彼《かれ》の「なぜ?」は、彼《かれ》の最期《さいご》の瞬間《しゅんかん》までつづいていた。

「もっとも大切《たいせつ》なことは、考《かんが》えつづけることをやめないことです。」

そう話《はな》していたアインシュタインは、死《し》のまぎわのベッドの中《なか》ですら、アイデアをメモしようと、ペンと紙《かみ》をはなさなかったのだから。

齋藤孝の
偉人《いじん》
かいせつ

アインシュタイン

アインシュタインがどんなにすごいかをひとことでいうと、この世界《せかい》がどうなっているのかという考《かんが》えかたを、根本的《こんぽんてき》なところでかえちゃった人《ひと》なんだ。まるっきりね。

有名《ゆうめい》な相対性理論《そうたいせいりろん》というのは、原子《げんし》のような目《め》には見《み》えない小《ちい》さなことから、望遠鏡《ぼうえんきょう》でも目《め》のとどかない大《おお》きな宇宙《うちゅう》のことまで、全部《ぜんぶ》つなげて説明《せつめい》できちゃう……そんなスケールの大《おお》きな理論《りろん》なんだ。

アインシュタインは「天才《てんさい》」といわれたんだけど、ぜんぜんかたくるしい人《ひと》じゃなく、お茶目《ちゃめ》な人《ひと》だったので、世界中《せかいじゅう》でたいへんな人気《にんき》があった。名言《めいげん》もたくさんあって、たとえば想像力《そうぞうりょく》の大切《たいせつ》さについて、「本《ほん》でしらべればすぐにわかるような知識《ちしき》は、おぼえておく必要《ひつよう》はない。」とか、「知識《ちしき》には限《かぎ》りがあるけど、想像力《そうぞうりょく》は無限《むげん》だ。」といったりした。いまでもいちばん人気《にんき》の科学界《かがくかい》のアイドルだね。彼《かれ》にあこがれて科学者《かがくしゃ》になった人《ひと》が、すごくたくさんいるんだよ。

裁判《さいばん》にも負《ま》けず、地動説《ちどうせつ》をとなえた近代科学《きんだいかがく》の父《ちち》

ガリレオ・ガリレイ

ガリレオ・ガリレイ（1564 ～ 1642 年）
イタリアの物理学者。物体のおちる速度は、
その重さに関係ないことを発見。
実験と観察を大切にし、望遠鏡で天体を観測して、
地球が太陽のまわりをまわっていることを証明した。

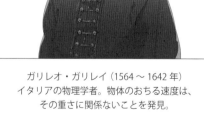

「さあ、今日《きょう》は宇宙《うちゅう》のしくみについて考《かんが》えてみようと思《おも》う。」

ここはベネチアのパドバ大学《だいがく》の教室《きょうしつ》。たくさんの生徒《せいと》たちを前《まえ》に、ガリレオ・ガリレイは、大《おお》きな声《こえ》でゆっくりと話《はな》しはじめた。

「それではまず、わたしからきみたちに質問《しつもん》しよう。古代《こだい》ギリシアの天文学者《てんもんがくしゃ》プトレマイオスによってとなえられた説《せつ》といえばなんだろう？」

「はい、先生《せんせい》。」

ひとりの生徒《せいと》が手《て》をあげた。

「うむ、いってごらん。」

「天動説《てんどうせつ》です。宇宙《うちゅう》の中心《ちゅうしん》は地球《ちきゅう》で、すべての星《ほし》は地球《ちきゅう》を中心《ちゅうしん》にまわっているという偉大《いだい》な原理《げんり》です。」

「そう、天動説《てんどうせつ》だね。一世紀《せいき》ごろからずっと語《かた》られている宇宙《うちゅう》の法則《ほうそく》だ。これは数学的《すうがくてき》にも正《ただ》しいといわれている……。」

ガリレイは、ゆっくりと生徒《せいと》たちを見《み》わたしてから、つづけた。

「……しかし、本当《ほんとう》だろうか？　わたしは、この説《せつ》は実験《じっけん》と観察《かんさつ》がたりていないんじゃないかと思《おも》っているんだ。」

「じゃあ先生《せんせい》は、天動説《てんどうせつ》をうたがっているわけですか？」

「うたがうことは、学問《がくもん》にとって、とても重要《じゅうよう》なことだとは思《おも》わないかね？」

教室中《きょうしつじゅう》がざわめいた。

ガリレイは一冊《さつ》の本《ほん》をみんなに見《み》えるようにかかげた。

「これは五十年《ねん》ほど前《まえ》にコペルニクスという僧侶《そうりょ》が書《か》いた本《ほん》だ。この本《ほん》では、地球《ちきゅう》は太陽《たいよう》のまわりをまわっているとしている。つまり天動説《てんどうせつ》を否定《ひてい》し、地球《ちきゅう》もほかの星《ほし》のようにうごいているという、地動説《ちどうせつ》をとなえているのだ。」

生徒《せいと》たちはおどろいた。当時《とうじ》、神《かみ》が宇宙《うちゅう》をつくったと考《かんが》えるキリスト教社会《きょうしゃかい》では、天動説《てんどうせつ》こそがうたがいようのない真実《しんじつ》とされていたからだ。

「先生《せんせい》は、どうお考《かんが》えなんです？」

ガリレイは、まようことなくこたえた。

「わたしも、天動説《てんどうせつ》にはかなり無理《むり》があると思《おも》う。そして、コペルニクスの地《ち》動説《どうせつ》は、より真実《しんじつ》に近《ちか》いと考《かんが》えている。」

今度《こんど》は教室《きょうしつ》がしずかになった。生徒《せいと》たちは小声《こごえ》でささやきあった。

「なんてこった！　ガリレイ先生《せんせい》は天動説《てんどうせつ》を否定《ひてい》したぞ……。」

「こんなことといっていいのか……？」

信心深《しんじんぶか》い生徒《せいと》たちは、おどろきをかくせなかった。

「落《お》ちつきなさい、諸君《しょくん》。わたしは神《かみ》を否定《ひてい》しているわけではない。科学的《かがくてき》に、真実《しんじつ》を追究《ついきゅう》しているだけだ。地動説《ちどうせつ》にしても、実験《じっけん》や観察《かんさつ》がたりているわけではない。わたしはこれからも地動説《ちどうせつ》について研究《けんきゅう》をしていくつもりだ。」

ガリレイは考《かんが》えていた。いつか、この地動説《ちどうせつ》をきちんと証明《しょうめい》してみせると。

それから十年後《ねんご》、研究《けんきゅう》をつづけるガリレイに、あるニュースがはいった。

「ガリレイ先生《せんせい》、望遠鏡《ぼうえんきょう》というものをごぞんじですか?」

友人《ゆうじん》がガリレイにそうたずねた。

「なに? 望遠鏡《ぼうえんきょう》?」

「ええ。オランダの眼鏡屋《めがねや》が発明《はつめい》したそうです。子《こ》どもたちが二枚《まい》のレンズをかさねて見《み》ていたら、遠《とお》くのものが大《おお》きく見《み》えることに気《き》づいて、それを応用《おうよう》したって話《はなし》ですよ。」

「遠《とお》くのものが大《おお》きく見《み》えるだと⁉」

ガリレイは友人《ゆうじん》にとびつかんばかりだった。

「ははは、どうです？　先生《せんせい》ならなににつかいますか？」

「…………」

ガリレイは返事《へんじ》をしなかった。すでに頭《あたま》の中《なか》で、その望遠鏡《ぼうえんきょう》は自分《じぶん》にもつくれるかどうか、そして、それで夜空《よぞら》を見《み》てみたいと考《かんが》えていたからだ。

数週間後《すうしゅうかんご》、ガリレイはすでに何本《なんぼん》もの望遠鏡《ぼうえんきょう》をつくっていた。物理学者《ぶつりがくしゃ》の彼《かれ》にとっては、倍率《ばいりつ》が三倍《ばい》ほどの望遠鏡《ぼうえんきょう》づくりは、むずかしくはなかった。

彼《かれ》はさらに工夫《くふう》をして、倍率《ばいりつ》が三十三倍《ばい》のガリレオ式天体望遠鏡《しきてんたいぼうえんきょう》をつくると、さっそくそれを窓際《まどぎわ》の机《つくえ》に置《お》いた。

「さあ……はやく夜《よる》になれ……‼」

そして夜空《よぞら》に星《ほし》がきらめくころ、空《そら》にむけた望遠鏡《ぼうえんきょう》を、そっとのぞいた。

「見《み》える！　見《み》えるぞ‼」

ガリレイは世界《せかい》ではじめて、月《つき》を望遠鏡《ぼうえんきょう》でのぞいて見《み》た人間《にんげん》になった。

「これが月《つき》なのか！　なんてことだ……。」

ガリレイは息《いき》をのんだ。

「大《おお》きな穴《あな》がたくさんあるぞ……火山《かざん》の噴火口《ふんかこう》のようだ……。そしてあの黒《くろ》い部分《ぶぶん》は海《うみ》だろうか？」

ガリレイは月《つき》を見《み》つめつづけた。

「月《つき》には山《やま》もあり、谷《たに》もある。地球《ちきゅう》とにているじゃないか……？」

すっかり夢中《むちゅう》になったガリレイは、ねる間《ま》もおしんで観察《かんさつ》をつづけた。

「おお‼　木星《もくせい》には縞《しま》もようがある。そのまわりに、いつも小《ち い》さな星《ほし》がいくつか見《み》える。一、二、三……四つ！」

ガリレイは、その四つの星《ほし》がどううごいているかを観察《かんさつ》しつづけた。

「どうやらあの四つの星《ほし》は、木星《もくせい》のまわりをぐるぐるとまわっているようだな。太陽《たいよう》のまわりを地球《ちきゅう》がまわっているのとおなじように、だ。」

ガリレイはほかにも金星《きんせい》などを観察《かんさつ》し、その結果《けっか》を一冊《さつ》の本《ほん》にまとめた。それが『星界《せいかい》の使者《し し ゃ》』である。その本《ほん》はあっというまにたくさんの人《ひと》に読《よ》まれ、ガリレイの名《な》は一躍有名《いちやくゆうめい》になった。その本《ほん》の出版後《しゅっぱんご》も、太陽《たいよう》の黒点《こくてん》や土星《どせい》の輪《わ》を発見《はっけん》するなど、ガリレイの名声《めいせい》は高《たか》まるばかりだった。

しかし、喜《よろこ》んでばかりもいられなかった。

「ガリレイくん、気《き》をつけたほうがいいぞ。きみがこのまま地動説《ちどうせつ》を主張《しゅちょう》しつづければ、カトリック教会《きょうかい》の人々《ひとびと》を敵《てき》にまわすことになるぞ。」

友人《ゆうじん》のひとりが忠告《ちゅうこく》してきた。

「うーん、たしかにそれはよろしくないな。わたしは宇宙《うちゅう》の研究《けんきゅう》をやりたいだけなのだ。よし、誤解《ごかい》されないように一度《いちど》ローマ法王《ほうおう》にお会《あ》いしておこう。」

ガリレイはローマへむかい、自分《じぶん》がキリスト教《きょう》の教《おし》えにそむくつもりがないことを、直接《ちょくせつ》ローマ法王《ほうおう》に会《あ》ってつたえた。

「ふう……これでひと安心《あんしん》だな。」

ガリレイはますます研究《けんきゅう》にうちこんだ。

そして『天文対話《てんもんたいわ》』という本《ほん》を書《か》きあげた。これは、表《おもて》むきは天動説《てんどうせつ》をとなえつつも、地動説《ちどうせつ》の正《ただ》しさについてくわしく解説《かいせつ》した本《ほん》だった。

ところが、この本《ほん》が彼《かれ》の運命《うんめい》を大《おお》きくかえた。

「いったい、なんだというんだ……!?」

ローマ法王庁《ほうおうちょう》に、検邪聖省《けんじゃせいしょう》という機関《きかん》がある。キリスト教《きょう》の教《おし》えを乱《みだ》す者《もの》をとりしまるところだ。そこからガリレイに、被告《ひこく》として裁判《さいばん》に出頭《しゅっとう》するようにとの手紙《てがみ》がとどいたのだ。

ガリレイは不安《ふあん》を感《かん》じながら、またローマへとおもむいた。

裁判所《さいばんしょ》の被告席《ひこくせき》に立《た》たされたガリレイ。裁判官《さいばんかん》が口《くち》をひらいた。

「ガリレイよ。きみは地動説《ちどうせつ》がまちがいであり、その考《かんが》えをもう二度《にど》と世《よ》にひろめないとちかうか?」

「なんだって……!?」

「ここに誓約書《せいやくしょ》がある。これにサインをすれば、罪《つみ》を軽《かる》くしよう。」

「そんなこと、できるものか！　わたしは地動説《ちどうせつ》が正《ただ》しいと信《しん》じている！　いや、これはわたしの観察《かんさつ》がみちびきだした、まぎれもない真実《しんじつ》なんだ！」

裁判官《さいばんかん》は冷《つめ》たい目《め》でガリレイを見《み》おろした。

「サインをしないのであれば、きみは死罪《しざい》だ。それでもいいのか？」

「死罪《しざい》だって……!?」

ガリレイはおどろき、息《いき》をのんだ。

頭《あたま》には家族《かぞく》の顔《かお》がうかんだ。科学者《かがくしゃ》としてのプライド。死《し》への恐怖《きょうふ》。家族《かぞく》への想《おも》い。さまざまな気持《きも》ちが、ガリレイの胸《むね》の中《なか》で激《はげ》しくうずまいた。彼《かれ》の頭《あたま》はわれんばかりだった。

「さあ、ガリレオ・ガリレイ！　どうするのだ!?　地動説《ちどうせつ》はまちがいであると、みとめるのか⁉」

裁判官《さいばんかん》の声《こえ》が、雷《かみなり》のようにひびきわたる。ガリレイはうつむいて、小《ちい》さくふるえる声《こえ》でこたえた。

「はい……みとめます。」

裁判官《さいばんかん》が木槌《きづち》をふりおろし、大《おお》きな結審《けっしん》の音《おと》が部屋《へや》にひびきわたった。

ガリレイはうつむいたまま、だれにもきこえない声《こえ》でつぶやきつづけた。

「それでも……それでも地球《ちきゅう》はうごいている。真実《しんじつ》はかわらない。……地球《ちきゅう》はうごきつづけているんだ‼」

ガリレイは、死刑《しけい》こそまぬがれたものの、そのあとは自宅《じたく》へかえることもゆるされず、監視《かんし》つきの生活《せいかつ》をおくることになった。

視力《しりょく》も失《うしな》っていくなか、ガリレイは『新科学対話《しんかがくたいわ》』という本《ほん》を書《か》き、ローマ教会《きょうかい》の力《ちから》がとどかないオランダで出版《しゅっぱん》した。この本《ほん》は学術書《がくじゅつしょ》につかわれていたラテン語《ご》ではなく、イタリア語《ご》で書《か》かれたため、多《おお》くの人々《ひとびと》が読《よ》むことができた。そして新《あたら》しい時代《じだい》の科学《かがく》の基本書《きほんしょ》としてひろまっていった。

「それでも地球《ちきゅう》はまわっている。」

権力《けんりょく》によって否定《ひてい》されようが、真実《しんじつ》はかわらない。ガリレイがつぶやいたとされるこのセリフは、科学《かがく》とはなにか？　というメッセージでもある。定説《ていせつ》をうたがい、実験《じっけん》と観察《かんさつ》によって真実《しんじつ》をつきとめようとするガリレイのやりかたは、そのあとの科学《かがく》の基本姿勢《きほんしせい》ともいえる。それゆえ、ガリレイは「近代科学《きんだいかがく》の父《ちち》」とよばれている。

ガリレイはみだしコラム

木星《もくせい》の衛星《えいせい》

木星《もくせい》には、いまわかっているだけでも60をこえる衛星《えいせい》がまわりをまわっているんだ。その中《なか》のとくに大《おお》きな4つの衛星《えいせい》は、ガリレイによって発見《はっけん》されたため、「ガリレオ衛星《えいせい》」とよばれているよ。木星《もくせい》に近《ちか》いほうから、イオ、エウロパ、ガニメデ、カリストという名前《なまえ》がつけられている。

イオは地球《ちきゅう》の衛星《えいせい》である月《つき》より、すこし大《おお》きいくらいの大《おお》きさで、火山《かざん》が活動《かつどう》している。エウロパは月《つき》よりすこし小《ちい》さいくらいで、氷《こおり》でおおわれた内側《うちがわ》には海《うみ》があるかもしれない。ガニメデは太陽系《たいようけい》でいちばん大《おお》きな衛星《えいせい》で、惑星《わくせい》である水星《すいせい》よりも大《おお》きいんだ。カリストも大《おお》きく、水星《すいせい》とおなじくらいあるんだよ。ガリレオ衛星《えいせい》は大《おお》きいから、小《ちい》さな望遠鏡《ぼうえんきょう》でも見《み》ることができるんだ。

ガリレイは、これらの衛星《えいせい》が、木星《もくせい》のまわりをまわっていることを観察《かんさつ》して発見《はっけん》した。そしてこの事実《じじつ》が、「地球《ちきゅう》を中心《ちゅうしん》にすべての星《ほし》がまわっているのではない」ことのいい証拠《しょうこ》になると、自分《じぶん》の考《かんが》えに自信《じしん》をふかめたんだ。

齋藤孝の
偉人《いじん》
かいせつ

ガリレオ・ガリレイ

『ガリレオの指《ゆび》』っていう科学《かがく》の本《ほん》がある。このタイトルは、「ガリレオのさししめした方向《ほうこう》をわたしたちはあゆんでいる」という意味《いみ》なんだ。いまの科《か》学《がく》がすすんでいる道《みち》すじをきめたのが、ガリレイってことだね。

それでは、ガリレイのやりかたがそれまでとどうちがったかというと、それは、実際《じっさい》にたしかめてみるということだ。ガリレイは実験《じっけん》をやって、自分《じぶん》の考《かん》が《》えを証明《しょうめい》したはじめての人《ひと》なんだ。これってすごいことだよ。それまでの「神《かみ》さまがきめたこと」ですまさないで、「なんでも観察《かんさつ》、実験《じっけん》してみましょう。」ととりくんだんだね。このやりかたが、いまの科学《かがく》の基本《きほん》になっている。だからガリレイは「近《きん》代《だい》科学《かがく》の父《ちち》」とよばれているんだよ。

つまり学校《がっこう》でやる理科《りか》の実験《じっけん》というのは、じつはガリレイがはじめたことなんだ。実験《じっけん》の授業《じゅぎょう》は楽《たの》しいよね。実験《じっけん》のときには、「ガリレイさん、ありがとう！」と、天国《てんごく》にいる科学《かがく》の父《ちち》に、みんなであいさつしてみよう！

絵《え》、彫刻《ちょうこく》、音楽《おんがく》、建築《けんちく》、数学《すうがく》……どれも一流《いちりゅう》の万能《ばんのう》の天才《てんさい》

ダ・ビンチ

レオナルド・ダ・ビンチ（1452 ～ 1519 年）
イタリアのルネサンス時代を代表する
芸術家であり、発明家。
『最後の晩餐』『モナ・リザ』などの
すぐれた芸術作品をのこしたほか、
解剖学や、建築工学などの科学分野でも活躍した。

十四世紀《せいき》から十六世紀《せいき》にかけて、イタリアを中心《ちゅうしん》とした西《にし》ヨーロッパで、「ルネサンス」とよばれる文化活動《ぶんかかつどう》がおこった。ルネサンスは「文芸復興《ぶんげいふっこう》」ともよばれる。古代《こだい》ギリシア・ローマ文化《ぶんか》を手本《てほん》として、神《かみ》さまよりも人間性《にんげんせい》を大切《たいせつ》にしようとした運動《うんどう》だ。

というのも、そのころの中世《ちゅうせい》ヨーロッパは、カトリック教会《きょうかい》を中心《ちゅうしん》にした封建社会《ほうけんしゃかい》で、民衆《みんしゅう》は教会《きょうかい》、貴族《きぞく》の支配《しはい》に苦《くる》しんでいた。そんな社会《しゃかい》を見《み》なおそうといううごきが大《おお》きくなっていたころで、人々《ひとびと》はその人間性《にんげんせい》をとりもどす手段《しゅだん》として、美術《びじゅつ》や文芸《ぶんげい》に力《ちから》をいれたわけである。

レオナルド・ダ・ビンチは、そのルネサンス期《き》を代表《だいひょう》する芸術家《げいじゅつか》のひとりである。

一四五二年《ねん》、イタリアに生《う》まれた彼《かれ》は、おさないころから絵《え》が抜群《ばつぐん》にうまかった。十四歳《さい》になると、父《ちち》の勧《すす》めで、すんでいたビンチ村《むら》からさほど遠《とお》くないフィレンツェの工房《こうぼう》で勤《つと》めることになる。

フィレンツェは、ルネサンスの中心地《ちゅうしんち》ともいえる街《まち》で、「メディチ家《け》」というヨーロッパきっての大富豪《だいふごう》が芸術家《げいじゅつか》たちのめんどうをみていた。

ダ・ビンチは、画家《がか》であり、彫刻家《ちょうこくか》でもある人気芸術家《にんきげいじゅつか》ベロッキオに弟子《でし》いりした。彼《かれ》の大《おお》きな工房《こうぼう》で、ほかのたくさんの弟子《でし》といっしょにはたらき、ここで修業《しゅぎょう》にはげんだダ・ビンチは、やがてベロッキオの有能《ゆうのう》な助手《じょしゅ》として頭角《とうかく》をあらわすのだった。

ある日《ひ》のこと。ベロッキオは壁画《へきが》を描《か》いていた。その壁画《へきが》は、キリストをかこむ数人《すうにん》の天使《てんし》が登場《とうじょう》する図柄《ずがら》のものだ。ベロッキオはダ・ビンチをよんだ。

「レオナルド、これはいまわたしが描《か》いている壁画《へきが》だ。」

「はい、ぞんじています。」

「キリストが洗礼《せんれい》をうけている場面《ばめん》なんだが、左下《ひだりした》にはいる天使《てんし》を描《か》いてみないか？」

「わたしが？　よろしいのですか？」

「もちろん、できが悪《わる》ければつかわないがね。どうだ？」

「喜《よろこ》んで！」

ダ・ビンチはすぐにモデルをさがし、絵《え》にとりかかった。そしてほどなく、美《うつく》しい天使《てんし》の絵《え》が、壁画《へきが》の左下《ひだりした》に描《か》きくわえられた。

「ベロッキオ先生《せんせい》、できました。ごらんになってください。」

「うむ、どれどれ……‼　うーん……！」

「どうか、なさいましたか？　イメージとちがうのですか？」

「……これは……レオナルド、まちがいなくきみが描《か》いたのだな。」

「はい。もちろんです。」

「……すばらしい。なんの文句《もんく》もないよ。」

「ありがとうございます。」

「どうだろう？　キリストや背景《はいけい》など、気《き》になるところがあったら、手《て》をくわえてくれないか。」

「はい。わかりました。すぐにとりかかります。」

「よろしくたのむよ。」

ベロッキオは、ほかの絵《え》の指導《しどう》へとむかった。ダ・ビンチとのやりとりをきいていたほかの弟子《でし》たちが、さっとかけよってきた。

「よろしいのですか、先生《せんせい》？　キリストは絵《え》の中心人物《ちゅうしんじんぶつ》なんですよ！」

「いいのだ。きみたちも気《き》づいているだろう。すでにわたしよりレオナルドのほうが、絵《え》がうまいのだから。」

「…………」

「神《かみ》にえらばれし天才《てんさい》とはいるものだ。わたしはいま、それを確信《かくしん》したよ。」

ダ・ビンチの絵《え》に圧倒《あっとう》されたベロッキオは、このあと、自分《じぶん》では絵《え》を描《か》かなくなったといわれている。

ダ・ビンチの腕前《うでまえ》は、あちこちで評判《ひょうばん》になった。そして二十五歳《さい》のとき、自《じ》分《ぶん》の工房《こうぼう》をもつようになる。

レオナルド・ダ・ビンチが、独学《どくがく》で学《まな》んでいたのは、絵《え》や彫刻《ちょうこく》にかぎらず、建築《けんちく》、音楽《おんがく》、文学《ぶんがく》、医学《いがく》、生物学《せいぶつがく》、物理学《ぶつりがく》、数学《すうがく》、地理《ちり》、天文学《てんもんがく》、気象学《きしょうがく》、土木《どぼく》、兵学《へいがく》と、あらゆる分野《ぶんや》におよんだ。機械《きかい》や兵器《へいき》の設計《せっけい》にも手《て》をのばした。しかも、そのどれもが一流《いちりゅう》のレベルだった。

またダ・ビンチは、人体《じんたい》の構造《こうぞう》にもたいへんな興味《きょうみ》をしめした。

「人間《にんげん》の絵《え》を描《か》くのなら、人間《にんげん》の体《からだ》がどういうふうにできているのか正確《せいかく》に知《し》っておく必要《ひつよう》があるのだ。」

彼《かれ》は死《し》んだ人《ひと》の体《からだ》を解剖《かいぼう》しては、筋肉《きんにく》や、骨《ほね》など、数々《かずかず》のスケッチをとった。

人々《ひとびと》はまるで学者《がくしゃ》のようなダ・ビンチの活動《かつどう》に舌《した》をまくのだった。

一四八二年《ねん》、三十歳《さい》のダ・ビンチはさらなる活躍《かつやく》の場《ば》をもとめ、ミラノへとうつりすむ。ミラノ公国《こうこく》の領主《りょうしゅ》から、ミラノを、フィレンツェに負《ま》けない芸術《げいじゅつ》の都《みやこ》にしたいからきてほしいと依頼《いらい》されたのだ。

そしてなんと、宮廷《きゅうてい》おかかえの音楽家《おんがくか》として活躍《かつやく》することになる。ダ・ビンチのリュート演奏《えんそう》の腕前《うでまえ》に、ミラノ公《こう》がほれこんでしまったからだ。しかしダ・ビンチはそれが気《き》にいらなかった。

「わたしがやりたいことは、リュートを弾《ひ》くことではない。絵《え》や発明《はつめい》をやるつもりでやってきたのに……。そうだ、戦争《せんそう》の兵器《へいき》を提案《ていあん》してみようか。」

ダ・ビンチは、大砲《たいほう》や戦車《せんしゃ》、投石機《とうせきき》など、それまでに数多《かずおお》くの兵器《へいき》を思《おも》いついていた。そのアイデアなどといっしょに、自分《じぶん》は絵《え》や彫刻《ちょうこく》に自信《じしん》があると書《か》いた手紙《てがみ》を、ミラノ公《こう》へおくり、自分《じぶん》を売《う》りこんだ。

ミラノ公《こう》はダ・ビンチの才能《さいのう》にあらためて気《き》づき、彼《かれ》に騎馬像《きばぞう》や、壁画《へきが》をまかせることになるのである。

こうしてダ・ビンチのミラノでの生活《せいかつ》は十七年間《ねんかん》にもおよんだ。一四九五年《ねん》から四年《ねん》の年月《ねんげつ》をかけて描《か》いた、サンタ・マリア・デルレ・グラーツェ修道院《しゅうどういん》の壁画《へきが》『最後《さいご》の晩餐《ばんさん》』は、ミラノ滞在《たいざい》の後期《こうき》に描《か》かれたものだ。キリストと十二使徒《しと》とのわかれの夕食《ゆうしょく》を題材《だいざい》に、革新的《かくしんてき》な遠近法《えんきんほう》の構図《こうず》を用《もち》いて描《か》かれたこの作品《さくひん》は、彼《かれ》の最高傑作《さいこうけっさく》のひとつに数《かぞ》えられている。

その後《ご》フィレンツェにもどったダ・ビンチは、ある肖像画《しょうぞうが》を手《て》がけた。有名《ゆうめい》な『モナ・リザ』である。この作品《さくひん》のモデルがだれなのかについては、いろいろな説《せつ》があって、本当《ほんとう》のことはわかっていない。

ただ、ダ・ビンチにとって、この肖像画《しょうぞうが》が特別《とくべつ》なものだったことはたしかだ。ダ・ビンチはこの作品《さくひん》だけは、死《し》ぬまで手《て》ばなさずにいたのだから。

晩年《ばんねん》、ダ・ビンチはフランス国王《こくおう》フランソワ一世《せい》の招《まね》きでフランスのアンボワーズへうつりすみ、この異国《いこく》の地《ち》で六十七年《ねん》の生涯《しょうがい》をとじる。

『モナ・リザ』は、フランソワ一世《せい》によって買《か》いあげられて保管《ほかん》され、いまはパリのルーブル美術館《びじゅつかん》に展示《てんじ》されている。


ダ・ビンチは、作品《さくひん》を制作《せいさく》するのがおそいことで有名《ゆうめい》だった。そして未完成《みかんせい》の作品《さくひん》もとても多《おお》い。これは、ダ・ビンチが作品《さくひん》の構想《こうそう》を練《ね》ったり、新《あたら》しい技《ぎ》法《ほう》をとりいれたりと、興味《きょうみ》や、やりたいことがいっぱいあったからだ。

また、彼《かれ》のスケッチには、ヘリコプターなど、実際《じっさい》にはつくられることのなかった機械《きかい》のアイデアがたくさんのこされている。もっと彼《かれ》に時間《じかん》があれば、これらの実現《じつげん》にもきっと挑戦《ちょうせん》していたことだろう。

「レオナルドさん、あなたは画家《がか》なんですか？　学者《がくしゃ》なんですか？」

あるとき、そうきかれたダ・ビンチは、こうこたえたという。

「わたしは人間《にんげん》です。やりたいと思《おも》うことをやっているだけのね。」

やりたいことをつぎつぎとやり、偉大《いだい》な足跡《そくせき》をのこした「万能《ばんのう》の天才《てんさい》」。レオナルド・ダ・ビンチほど、あらゆる方面《ほうめん》で非凡《ひぼん》な才能《さいのう》を発揮《はっき》した人物《じんぶつ》は、どの時代《じだい》をさがしてもいない。

ものしり偉人伝

負《ま》けずぎらいの天才彫刻家《てんさいちょうこくか》「ミケランジェロ」

ルネサンス時代《じだい》をダ・ビンチとともに代表《だいひょう》する芸術家《げいじゅつか》だ。彫刻作品《ちょうこくさくひん》『ピエタ』や『ダビデ像《ぞう》』のほか、イタリアのシスティーナ礼拝堂《れいはいどう》の天井画《てんじょうが》や、壁画《へきが》『最後《さいご》の審判《しんぱん》』など、とても人間業《にんげんわざ》とは思《おも》えないような傑作《けっさく》をのこしている。

「万能《ばんのう》の天才《てんさい》」とよばれたダ・ビンチにライバル心《しん》をもやし、彼《かれ》よりも23歳年下《さいとしした》にもかかわらず、ことあるごとにくってかかった。このふたりは、おたがいの才能《さいのう》をよくわかっていたけど、相手《あいて》の作品《さくひん》をけっしてほめたりはしなかったんだ。

ミケランジェロは「天才彫刻家《てんさいちょうこくか》」と、もてはやされていた。あるとき、そんな彼《かれ》に恥《はじ》をかかせようとした人《ひと》たちが、システィーナ礼拝堂《れいはいどう》の天井画《てんじょうが》を描《か》くようにしむけたんだ。絵《え》はうまくないだろうとね。ところがミケランジェロは4年《ねん》もの年月《ねんげつ》をかけて、大《おお》きな天井《てんじょう》いっぱいに、みんながおどろくような絵《え》をひとりで描《か》きあげたんだ。でも、ずっと上《うえ》をむいて描《か》いていたので、ミケランジェロの首《くび》はおかしくなってしまったそうだ。

齋藤孝の
偉人《いじん》
かいせつ

ダ・ビンチ

ダ・ビンチは「万能《ばんのう》の天才《てんさい》」といわれていたんだ。彼《かれ》はつねに自然《しぜん》を先生《せんせい》と考《かんが》え、本当《ほんとう》に正確《せいかく》でこまかい絵《え》を描《か》いていた。「自然《しぜん》をよく観察《かんさつ》すればなにかを教《おし》えてくれる。」と、こまかく観察《かんさつ》をして、アイデアや絵《え》を手帳《てちょう》に書《か》きとめていたんだよ。

またダ・ビンチは、あらゆるものに興味《きょうみ》をもっていた。たとえば女《おんな》の人《ひと》のくるくるまいた髪《かみ》の毛《け》を描《か》いているとき、「水《みず》のうずまきのようだ。」と考《かんが》えたり、「このらせん構造《こうぞう》こそ、宇宙《うちゅう》のもっとも大事《だいじ》な形《かたち》かもしれない。」と思《おも》ったり、その興味《きょうみ》や対象《たいしょう》が、どんどんつながっていっちゃうんだね。つまりダ・ビンチは、宇宙《うちゅう》の秘密《ひみつ》を解《と》きあかしたいという、ものすごく大《おお》きな考《かんが》えのもとで、いろんなものを発明《はつめい》したり、絵《え》を描《か》いていたんだ。

それは、おなじ時代《じだい》のミケランジェロにもいえることだ。このふたりの天才《てんさい》が、ライバルとしておなじ時代《じだい》にいたということはものすごいことなんだけど、きっと時代《じだい》のつくりだす不思議《ふしぎ》な空気《くうき》というものがあったんだろうね。

開発《かいはつ》した飛行機《ひこうき》で空《そら》をとび、飛行機《ひこうき》の時代《じだい》の幕《まく》をあけた

ライト兄弟《きょうだい》

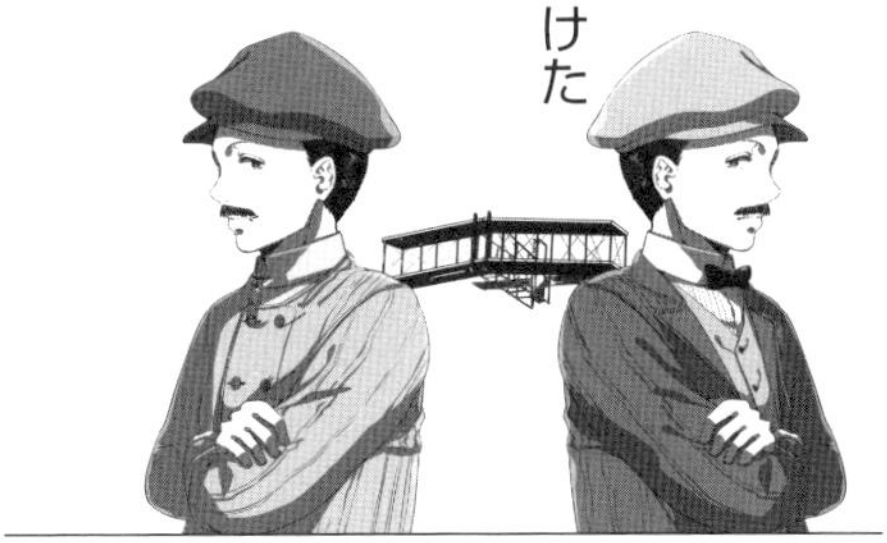

ライト兄弟（兄ウィルバー 1867 ～ 1912 年、
弟オービル 1871 ～ 1948 年）
アメリカの技術者。
兄弟でガソリンエンジンをつかった飛行機を開発。
その動力つきの飛行機にのって、
人類ではじめて空をとぶことに成功した。

アメリカのオハイオ州《しゅう》にある小《ち》さな町《まち》デートン。ここで兄《あに》のウィルバーと、弟《おとうと》のオービルのライト兄弟《きょうだい》は、自転車屋《じてんしゃや》をひらいていた。

ある日《ひ》、彼《かれ》らのもとへ悲《かな》しいニュースがとびこんできた。

「オービル、たいへんだ！　リリエンタールが！」

「えっ？　どうしたの、兄《にい》さん？」

ウィルバーが、血相《けっそう》をかえて部屋《へや》にはいってきた。手《て》に新聞《しんぶん》をもっている。

「……亡《な》くなった。グライダーの実験飛行中《じっけんひこうちゅう》だ。」

「そんな！　そんなことって。」

オットー・リリエンタールはドイツの航空技術者《こうくうぎじゅつしゃ》だ。鳥《とり》をヒントにグライダーをつくり、一八九一年《ねん》には、世界《せかい》ではじめて空《そら》をとぶことに成功《せいこう》していた。

ライト兄弟《きょうだい》は小《ちい》さなころから発明《はつめい》や工作《こうさく》が得意《とくい》で、とくに空《そら》をとぶおもちゃが大《だい》すきだった。二十歳《はたち》をこえたいまでも、空《そら》へのあこがれは消《き》えることなく、海《うみ》のむこうで空《そら》に挑戦《ちょうせん》するリリエンタールを尊敬《そんけい》し、応援《おうえん》していたのだ。

「まあ、かわいそうに……。でも空《そら》をとぼうなんて、無茶《むちゃ》をしたからね。」

妹《いもうと》のキャサリンがつぶやいた。

「無茶《むちゃ》!?」

「そんなことない!」

ふたりが同時《どうじ》に大声《おおごえ》をだしたので、キャサリンはびっくりした。

「ぜんぜん無茶《むちゃ》なことじゃない!」

「空《そら》をとぶことは、実現可能《じつげんかのう》な人類《じんるい》の夢《ゆめ》なんだ!」

ふたりは顔《かお》を見《み》あわせた。

「兄《にい》さん、ぼくらがやらないか。」

「ああ！　おなじことを考《かんが》えていた。小《ちい》さいときからの夢《ゆめ》だったからな。」

「凧《たこ》をつくってあそんだ、あのころのように！」

キャサリンは、兄《あに》たちの真剣《しんけん》な目《め》つきにとまどいつつも、ほほえんで、いった。

「ごめんなさい、無茶《むちゃ》だなんて。すてきなことよね。わたしも協力《きょうりょく》するわ。」

ライト兄弟《きょうだい》が、リリエンタールの意志《いし》をひきつぎ、空《そら》をとぶ夢《ゆめ》にむけての一歩《いっぽ》をふみだした瞬間《しゅんかん》だった。


「まずは飛行《ひこう》にかんする専門的《せんもんてき》な理論《りろん》を勉強《べんきょう》しよう。」

ふたりは、飛行《ひこう》にかんする第一人者《だいいちにんしゃ》であるラングレー博士《はかせ》に手紙《てがみ》を書《か》き、たくさんの資料《しりょう》をおくってもらった。そしてリリエンタールの書《か》いた本《ほん》や記録《きろく》を参考《さんこう》にするため、ドイツ語《ご》の勉強《べんきょう》もしなければならなかった。

「うーん、はやく飛行機《ひこうき》がつくりたいな、兄《にい》さん。」

「知《し》っておかなきゃならないことがいっぱいある。それに、まずは模型《もけい》だ。模《も》型《けい》をつかって実験《じっけん》をしてからだ。」

兄《あに》のウィルバーはものしずかな理論家《りろんか》。弟《おとうと》のオービルは活発《かっぱつ》なアイデアマン。工作《こうさく》ずきな兄弟《きょうだい》はずっとたすけあって、自分《じぶん》たちの発想《はっそう》を形《かたち》にしてきた。

「兄《にい》さん、自転車《じてんしゃ》でそのまま空《そら》をとべないだろうか?」

「うん、そうだな。自転車《じてんしゃ》で飛行《ひこう》できるかどうかはわからないが、長《なが》くとぶには自転車《じてんしゃ》のように動力《どうりょく》が絶対《ぜったい》に必要《ひつよう》だ。それに……。」

「それに?」

「リリエンタールのグライダーは、風《かぜ》にあおられて姿勢《しせい》をくずし、墜落《ついらく》した。風《かぜ》まかせじゃダメなんだ。」

「つまり、飛行機《ひこうき》を操縦《そうじゅう》する必要《ひつよう》があるってことだね。」

「そうだ。自転車《じてんしゃ》とおなじなんだ。」

彼《かれ》らの目標《もくひょう》は、自然《しぜん》にまかせて滑空《かっくう》するグライダーではなく、力《ちから》によってとぶ動力飛行機《どうりょくひこうき》の完成《かんせい》だった。

ふたりは自転車屋《じてんしゃや》の仕事《しごと》もつづけながら、飛行機《ひこうき》の開発《かいはつ》にいそしんだ。


そのころ、ライト兄弟《きょうだい》以外《いがい》にも、空《そら》に挑戦《ちょうせん》している人々《ひとびと》がいた。ふたりに協力《きょうりょく》をしてくれたアメリカのラングレー博士《はかせ》をはじめ、フランスのアデール、イギリスのマキシムやピルチャーなど。しかし、みんな失敗《しっぱい》していた。

「空気《くうき》より重《おも》いものが、空《そら》をとぶわけがない。子《こ》どもでもわかることですよ。」

空《そら》をとぶ試《こころ》みが失敗《しっぱい》におわるたび、多《おお》くの学者《がくしゃ》がそういってばかにした。

「わかっていないのは学者《がくしゃ》たちのほうだ。いまにおどろくことになる。」

ふたりはすこし前《まえ》に、翼《つばさ》をねじって飛行機《ひこうき》を安定《あんてい》させるしくみを発明《はつめい》し、手《て》ごたえを感《かん》じていた。そしてついにグライダーをつくりはじめた。

ライト兄弟《きょうだい》はグライダーの実験場《じっけんじょう》に、ノースカロライナ州《しゅう》のキティホークという海辺《うみべ》の村《むら》をえらんだ。

「ここの風《かぜ》は、いつも強《つよ》く安定《あんてい》してふいている。実験《じっけん》にはぴったりだ。」

「わあ、ひろい砂地《すなち》だね。ここなら安心《あんしん》してとべる。」

「そうだ。とんでとんで、とびまくろう！」

その日《ひ》、凧《たこ》のようにひっぱられたライト兄弟《きょうだい》のグライダーは、人《ひと》をのせて二メートルほどの高《たか》さを、すこしだけとんだ。実験《じっけん》はくりかえしおこなわれた。

「人《ひと》がのるとようすがかわってくるね……。」

「操縦《そうじゅう》の技術《ぎじゅつ》も必要《ひつよう》なんだな。自転車《じてんしゃ》だって最初《さいしょ》はうまくのれないものさ。」

ふたりは、改良《かいりょう》したグライダー二号機《ごうき》といっしょに、翌年《よくねん》もこの実験場《じっけんじょう》へ足《あし》を運《はこ》んだ。二号機《ごうき》は、一号機《ごうき》より長《なが》くとんだものの、あまり進歩《しんぽ》はなかった。

「だめだ。風《かぜ》をもっとじょうずにあやつる必要《ひつよう》がある。」

「また模型《もけい》かなあ。風《かぜ》を模型《もけい》にすることができるといいんだけど……。」

「あ……それだ、オービル！　さっそくかえってやってみよう。」

ふたりは得意《とくい》の工作《こうさく》で、風洞実験装置《ふうどうじっけんそうち》をつくった。これは、空気《くうき》のとおりぬける箱《はこ》の中《なか》に飛行機《ひこうき》の模型《もけい》をセットして、風《かぜ》の影響《えいきょう》などをしらべる装置《そうち》だ。

ふたりは発明《はつめい》したこの装置《そうち》で、実験《じっけん》をくりかえした。二百以上《いじょう》もの翼《つばさ》をつくり、やっとなっとくのいくものが完成《かんせい》する。それは方向舵《ほうこうだ》と昇降舵《しょうこうだ》をもつ翼《つばさ》だった。

この翼《つばさ》をつかったグライダー三号機《ごうき》は、百九十メートルを滑空《かっくう》したのだ。

「すごいよ兄《にい》さん！　風《かぜ》にのっかった感《かん》じだった。」

「見《み》ていても安定感《あんていかん》があったよ。よーし、機体《きたい》はこれでめどがたった！」

「いよいよ、エンジンをのせるんだね。」

「ああ、そうだ。ただ問題《もんだい》がある。馬力《ばりき》のあるエンジンはみんな、この機体《きたい》にのせるには重《おも》すぎるってことだ。」

「そうかあ……。」

「じゃあ、自分《じぶん》たちでつくるしかないわけね。がんばって！」

妹《いもうと》のキャサリンが明《あか》るく笑《わら》った。

「ははは っ。結局《けっきょく》そうなるわけだ。よーし、やってやろう！」

一九〇三年《ねん》の九月《がつ》。ライト兄弟《きょうだい》はおなじみの飛行実験場《ひこうじっけんじょう》キティホークで、飛《ひ》行機《こうき》を組《く》みたてはじめた。エンジンの力《ちから》でプロペラをまわし、自力《じりき》で空《そら》をとぶ人類初《じんるいはつ》の飛行機《ひこうき》だ。組《く》みたては難航《なんこう》して、すでに十二月《がつ》をむかえていた。

「おーい、ニュースだぞ。おふたりさん。」

キティホーク村《むら》の郵便局長《ゆうびんきょくちょう》が知《し》らせをもってきた。

「あのラングレー博士《はかせ》が、また飛行実験《ひこうじっけん》に失敗《しっぱい》したそうだ。」

「やっぱり。博士《はかせ》の図面《ずめん》を見《み》たときから、ぼくらにはとばないとわかってた。」

ふたりの飛行機《ひこうき》にかんする知識《ちしき》は、もはや科学者顔負《かがくしゃかおま》けのものだった。

「へえ、そうなのかい。それで、あんたたちの飛行機《ひこうき》はどうなんだい？」

「フライヤー号《ごう》ですか？　まあ見《み》ていてください。自信《じしん》はありますよ。」

そして十二月《がつ》十七日《にち》。調整《ちょうせい》のおわった機体《きたい》に、オービルがのりこんだ。

ババババババババ……エンジンが大《おお》きな音《おと》をたててうなりはじめた。プロペラが勢《いきお》いよくまわっている。

「いいよ！　兄《にい》さん。」

「いけーっ‼　フライヤー号《ごう》‼」

ウィルバーが飛行機《ひこうき》をつないでいたロープをはずすと、フライヤー号《ごう》はしずかにうごきだした。ぐんぐんとスピードをあげた機体《きたい》は、やがて二枚《まい》の翼《つばさ》を風《かぜ》にのせ、空《そら》へと舞《ま》いあがった。

「とんだ！」

たった五人《にん》の見物人《けんぶつにん》から、小《ちい》さな歓声《かんせい》があがった。

「……6、7、8、9、10、11、12！　やった！　やったぞ！」

ウィルバーは着陸《ちゃくりく》したオービルのもとへかけだしていた。

「やったね、兄《にい》さん！」

ふたりはだきあって喜《よろこ》んだ。時間《じかん》にして十二秒《びょう》。距離《きょり》にすると三十メートル。今日《こんにち》にしてみればわずかなものだが、この日《ひ》が、人類《じんるい》がはじめて動力《どうりょく》をつかって空《そら》をとんだ歴史的《れきしてき》な日《ひ》となったのだ。

ライト兄弟《きょうだい》は、この日《ひ》のうちに、飛行時間《ひこうじかん》五十九秒《びょう》、飛行距離《ひこうきょり》二百六十メートルの記録《きろく》をのこしている。


しかしライト兄弟《きょうだい》の偉業《いぎょう》は、すぐにはみとめられなかった。見物人《けんぶつにん》が少《すく》なかったことと、少《すく》なからず偏見《へんけん》もあり、信用《しんよう》してもらえなかったのだ。

「ラングレー博士《はかせ》さえ失敗《しっぱい》したんだ。町《まち》の自転車屋《じてんしゃや》ごときにできるもんか。」

とくに自国《じこく》アメリカの態度《たいど》は冷《つめ》たく、ふたりがみとめられたのは、ヨーロッパの飛行実演《ひこうじつえん》で人気《にんき》をはくしてからになる。

「いま、正《ただ》しいことも、数年後《すうねんご》にはまちがっているということもある。ぎゃくに、いま、まちがっていることでも、数年後《すうねんご》には正《ただ》しいことだってある。」

飛行機《ひこうき》の開発《かいはつ》のみならず、当時《とうじ》の常識《じょうしき》や、偏見《へんけん》とも闘《たたか》わざるをえなかったライト兄弟《きょうだい》。彼《かれ》らのふみだした空《そら》への第一歩《だいいっぽ》のおかげで、人類《じんるい》はとぶ力《ちから》を手《て》にいれた。それは、つい百年《ねん》ほど前《まえ》のことだ。

ライト兄弟《きょうだい》が実験飛行《じっけんひこう》をくりかえした地《ち》、ノースカロライナ州《しゅう》キティホークには、ふたりの偉業《いぎょう》をたたえる記念碑《きねんひ》が、大空高《おおぞらたか》くそびえたっている。

ものしり偉人伝

はじめて空《そら》をとんだ男《おとこ》「リリエンタール」

グライダーを発明《はつめい》して、1891 年《ねん》に世界《せかい》ではじめて空《そら》をとんだ人《ひと》だ。彼《かれ》は鳥《とり》をよく観察《かんさつ》した。そして、鳥《とり》が翼《つばさ》をうごかさないときでもとんでいることから、滑空《かっくう》することで空《そら》をとべるのではないかと思《おも》いついたんだ。

いまのハンググライダーのようなものをつくって、とんだ回数《かいすう》は 2000 回以上《かいいじょう》にもなった。最後《さいご》は飛行実験《ひこうじっけん》のさいちゅう、強《つよ》い風《かぜ》をうけて墜落《ついらく》し、死《し》んでしまった。でも、彼《かれ》の死《し》が、ライト兄弟《きょうだい》を飛行《ひこう》機《き》の開発《かいはつ》へとむかわせたんだ。

自作《じさく》のグライダーで空《そら》をとぶリリエンタール

齋藤孝の
偉人《いじん》かいせつ

ライト兄弟《きょうだい》

「空《そら》をとびたい。」という人類《じんるい》のねがいは、何万年《なんまんねん》も昔《むかし》からあったにちがいない。でもそれは、こえることのむずかしい高《たか》い壁《かべ》だった。その壁《かべ》をうちやぶったのがライト兄弟《きょうだい》だ。最初《さいしょ》の壁《かべ》がやぶられれば、それからは、あっというまにすすんでいくもの。ライト兄弟《きょうだい》がはじめて動力《どうりょく》によって自力《じりき》で空《そら》をとぶ飛行機《ひこうき》をつくったのが、1903年《ねん》。それから60年《ねん》ほどで人間《にんげん》は月《つき》へいっているし、いまでは世界中《せかいじゅう》をジェット機《き》がとびまわっている。

ライト兄弟《きょうだい》の話《はなし》で思《おも》うのは、思《おも》いこみをなくすのが大事《だいじ》だということ。たとえば、「空気《くうき》より重《おも》い鉄《てつ》や木《き》が空《そら》をとぶわけない。」と、みんな最初《さいしょ》は思《おも》いこんじゃうけど、そうではなくて、「世《よ》の中《なか》にできないことなんてない。」と思《おも》うことが、まず大事《だいじ》なんだ。そのうえで、ライト兄弟《きょうだい》は科学的《かがくてき》に実験《じっけん》をくりかえした。そうやって自分《じぶん》たちで工夫《くふう》をしていくことで、新《あたら》しいことも一歩《ぽ》ずつ前《まえ》にすすんでいけるんだね。その果《は》てに、こんな偉業《いぎょう》が達成《たっせい》できたんだ。

たくさんの発明《はつめい》をして、魔術師《まじゅつし》とよばれた発明王《はつめいおう》

エジソン

トーマス・エジソン（1847 ～ 1931 年）
アメリカの発明家。
特許をとった発明品の数は 1300 にもおよぶ。
マイクロホンや蓄音機、白熱電灯、映写機など、
人々の生活を大きく変えるたくさんの発明をした。

「先生《せんせい》、1＋《たす》1はどうして2になるの？」

小学校《しょうがっこう》にかよいはじめたエジソンは、先生《せんせい》によく質問《しつもん》をする生徒《せいと》だった。ところがエジソンの小学校《しょうがっこう》での成績《せいせき》は、けっしてよくはなかった。というより、落《お》ちこぼれとしてあつかわれていた。彼《かれ》が知《し》りたいことと、学校《がっこう》で教《おし》えていることがくいちがっていたようだった。

「またそんな質問《しつもん》か。指《ゆび》を立《た》てて数《かぞ》えてみなさい。2になるだろう。」

「でも、こうすると1のままです。」

エジソンは二枚《まい》の丸《まる》めた紙《かみ》をいっしょにあわせて、ひとつにしながらいった。先生《せんせい》は怒《おこ》って、ムチでエジソンをたたいた。

「いつもくだらない質問《しつもん》ばかりして！　字《じ》のひとつもおぼえやしない。おまえの頭《あたま》はくさってるんだろう。」

エジソンからその話《はなし》をきいた母親《ははおや》は、つぎの日学校《ひがっこう》へいき、先生《せんせい》につげた。

「彼《かれ》が本当《ほんとう》に知《し》りたがっていることが理解《りかい》できないなんて。ここで学《まな》ぶべきものはありません！」

結局《けっきょく》、小学校《しょうがっこう》は三か月《げつ》で退学《たいがく》。もと教師《きょうし》をしていた母親《ははおや》が、エジソンに勉強《べんきょう》を教《おし》えることになる。母親《ははおや》は、エジソンが興味《きょうみ》をもっている科学《かがく》の分野《ぶんや》を中心《ちゅうしん》にして、勉強《べんきょう》をすすめた。そうして一年《ねん》もたつころには、エジソンは大人《おとな》もびっくりするようなむずかしい本《ほん》を読《よ》んでいた。

また母親《ははおや》は、彼《かれ》に実験室《じっけんしつ》をあたえた。地下室《ちかしつ》の物置《ものおき》のかたすみに机《つくえ》を置《お》いただけの簡単《かんたん》なスペースだったが、エジソンはそこで喜《よろこ》んで実験《じっけん》をするようになった。

やがてエジソンは、実験器具《じっけんきぐ》や薬品《やくひん》を買《か》うために、家《いえ》でとれた野菜《やさい》を町《まち》で売《う》りあるくアルバイトをはじめた。十二歳《さい》のときのことだ。評判《ひょうばん》も売《う》れゆきもよかったが、季節《きせつ》によっては売《う》りものがなくなってしまった。

そこでエジソンは鉄道会社《てつどうがいしゃ》にみずから交渉《こうしょう》にいき、汽車《きしゃ》の中《なか》でものを売《う》るアルバイトをはじめた。売《う》り子《こ》をしながらエジソンは、車内《しゃない》で新聞《しんぶん》がよく売《う》れることに注目《ちゅうもく》する。そこで、アルバイトでためたお金《かね》で中古《ちゅうこ》の印刷機《いんさつき》を買《か》い、自《じ》分《ぶん》で原稿《げんこう》をつくって印刷《いんさつ》、新聞《しんぶん》を発行《はっこう》しはじめた。

「この新聞《しんぶん》、きみがつくったって？　よくできてるじゃないか。すごいなあ。」

少年《しょうねん》が発行《はっこう》するめずらしい車内新聞《しゃないしんぶん》は、その内容《ないよう》も好評《こうひょう》で、よく売《う》れた。

「それにしても、汽車《きしゃ》にのっている時間《じかん》が長《なが》くてもったいないなあ。」

そう感《かん》じたエジソンは、貨物室《かもつしつ》の一部《いちぶ》をかりて実験室《じっけんしつ》に改造《かいぞう》し、車内販売《しゃないはんばい》の合間《あいま》はそこで実験《じっけん》をしていた。

「あぶない！」

ある日《ひ》、エジソンの将来《しょうらい》を大《おお》きくかえるできごとがおきた。列車《れっしゃ》をつなぎかえる駅《えき》で、駅長《えきちょう》の子《こ》どもが汽車《きしゃ》にひかれそうになり、それをエジソンが間一髪《かんいっぱつ》ですくったのだ。

「ありがとう！　ありがとう！　きみはむすこの命《いのち》の恩人《おんじん》だ！」

電信技師《でんしんぎし》でもあったその駅長《えきちょう》は、お礼《れい》にエジソンに電信技術《でんしんぎじゅつ》を教《おし》えてくれることになるのである。電気《でんき》に、新《あたら》しい時代《じだい》の可能性《かのうせい》を感《かん》じていたエジソンは、とびあがって喜《よろこ》んだ。そしてほんの三か月《げつ》ほどで、駅長《えきちょう》からすべての技術《ぎじゅつ》を吸収《きゅうしゅう》してしまった。

そうしてエジソンは売《う》り子《こ》や新聞発行《しんぶんはっこう》をやめて、この電信技術《でんしんぎじゅつ》をもとにはたらきはじめる。十五歳《さい》のときのことだ。アメリカやカナダを転々《てんてん》としながら、電信技師《でんしんぎし》の仕事《しごと》のかたわら、しだいに発明《はつめい》にのめりこんでいくのである。

やがてニューヨークへいったエジソンは、友人《ゆうじん》と電信会社《でんしんがいしゃ》を設立《せつりつ》したあと、ニュージャージー州《しゅう》のニューアークに研究工場《けんきゅうこうじょう》をたてて、発明家《はつめいか》として独立《どくりつ》するのである。二十三歳《さい》のときのことである。

「いったい、おやじさんはいつ休《やす》んでるんだ？」

「立《た》ってねむってるってうわさもあるぞ！」

「おやじさんが、あれだけがんばってるんだ。おれたちもやらなきゃな！」

エジソンは二十三歳《さい》という若《わか》さにもかかわらず、工場《こうじょう》の部下《ぶか》から、「おやじさん」とよばれていた。それは見《み》た目《め》ではなく、尊敬《そんけい》の気持《きも》ちからのニックネームだった。

エジソンの発明品《はつめいひん》の売《う》れゆきは好調《こうちょう》で、十八人《にん》でスタートした工場《こうじょう》は、一年《ねん》もたたないうちに二百五十人《にん》がはたらく大所帯《おおじょたい》になっていた。

「もっとしっかり発明《はつめい》にとりくみたいな。もうつくって売《う》るのはやめよう。」

二十九歳《さい》になると、発明家《はつめいか》として有名《ゆうめい》になっていたエジソンは、工場《こうじょう》をやめて、郊外《こうがい》のメンロパーク村《むら》に新《あたら》しい研究所《けんきゅうじょ》をたてる。ここで発明《はつめい》だけに集中《しゅうちゅう》しようというのだ。メンロパークには優秀《ゆうしゅう》な助手《じょしゅ》があつまり、エジソンといっしょに研究《けんきゅう》にとりくむことになった。

「諸君《しょくん》！　やるからには目標《もくひょう》をたてよう。この研究所《けんきゅうじょ》では、十日《とおか》にひとつ小《ちい》さな発明《はつめい》を、そして半年《はんとし》にひとつは大《おお》きな発明《はつめい》をうみだすようにしよう！」

無茶《むちゃ》な計画《けいかく》にきこえるが、エジソンはこれを実行《じっこう》してしまう。メンロパークをひらいて一年間《ねんかん》で四十もの発明品《はつめいひん》の特許《とっきょ》をとるのである。

「おい、エジソンが音《おと》を記録《きろく》できる機械《きかい》を発明《はつめい》したんだって！」

「ああ、フォノグラフ（蓄音機《ちくおんき》）っていうらしい。しゃべった声《こえ》が、いつでもきけるなんてびっくりだな。」

「世紀《せいき》の発明《はつめい》だ。」

「電話《でんわ》も、実際《じっさい》につかえるのはベルの発明品《はつめいひん》よりエジソンのものらしいな。」

「そうそう、エジソンのすごいところはそこなんだよ。実際《じっさい》につかう身《み》になってものをつくってる。」

「エジソンなら、なんだってできちゃうんじゃないか？」

研究所《けんきゅうじょ》からつぎつぎと発表《はっぴょう》される発明品《はつめいひん》。人々《ひとびと》はエジソンを、「メンロパークの魔術師《まじゅつし》」とよぶようになった。


エジソンがもっとも苦労《くろう》した発明品《はつめいひん》が、電灯《でんとう》である。

そのころのあかりといえば、ガス灯《とう》かアーク灯《とう》、または石油《せきゆ》ランプやろうそくだった。くさかったり、危険《きけん》だったり、暗《くら》かったり、明《あか》るすぎたり、あつかいがめんどうだったり……どれも快適《かいてき》なあかりとはいえなかった。そこでエジソンは、電気《でんき》をつかう新《あたら》しい光《ひかり》の発明《はつめい》にとりくんでいた。

ところが、これがむずかしかった。とくに光《ひかり》をはなつ部分《ぶぶん》であるフィラメントは、なっとくのいくものができなかった。

「だめだ。すぐにとけてしまう……。」

電流《でんりゅう》がフィラメントをとおると、熱《ねつ》とともに光《ひかり》を発《はっ》する。これを利用《りよう》したのが電球《でんきゅう》なのだが、かんじんのフィラメントが熱《ねつ》ですぐにとけてしまうのだ。最初《さいしょ》は白金《はっきん》など、金属《きんぞく》をつかっていた。しかしどれもうまくいかず、どんどん時間《じかん》はすぎさっていった。そして一年以上《ねんいじょう》がすぎたあるとき、ランプについたすすを見《み》て、エジソンはふと思《おも》いついた。

「すす……炭素《たんそ》。……炭素《たんそ》か。ためしてみよう！」

エジソンたちは、すすのほか、いろいろなものを焼《や》いて炭《すみ》をつくり、実験《じっけん》をくりかえした。そして、手《て》ごたえを感《かん》じる。木綿糸《もめんいと》を焼《や》いて炭《すみ》にしたものをフィラメントにつかった実験《じっけん》は、それまでのどの電灯《でんとう》よりも長《なが》くともりつづけた。

研究所《けんきゅうじょ》はおおいにわきあがった。

「さっきのは十三時間半《じかんはん》、今回《こんかい》のは四十時間《じかん》をこえたぞ！」

「やった！　これだけ寿命《じゅみょう》があれば……成功《せいこう》したっていってもいいんじゃないですか、先生《せんせい》？」

「たしかにすばらしい成果《せいか》だ。だが、まだまだだ。さあ、百時間《じかん》たっても消《き》えない電灯《でんとう》をめざして改良《かいりょう》をつづけよう。」

エジソンは木綿糸《もめんいと》が繊維質《せんいしつ》だということに目《め》をつけた。そこでまた、ありとあらゆる繊維質《せんいしつ》のものを世界中《せかいじゅう》からあつめ、かたっぱしから実験《じっけん》をくりかえした。その種類《しゅるい》は、植物《しょくぶつ》だけで六千にもおよんだという。気《き》の遠《とお》くなるような数《かず》だが、よりよい材料《ざいりょう》を見《み》つけるために、エジソンたちは全力《ぜんりょく》をつくした。

「これもだめだ。先生《せんせい》、また失敗《しっぱい》ですね……。」

「失敗《しっぱい》？　失敗《しっぱい》なんかしていないさ。この材料《ざいりょう》ではうまくいかないことがわかったじゃないか。大《おお》きな成果《せいか》だよ。さあ、つぎの実験《じっけん》にかかろう。」

一万回《まんかい》をこえる実験《じっけん》がくりかえされた。そしてついに、優秀《ゆうしゅう》なフィラメントの候補《こうほ》が見《み》つかるのである。それは、日本《にっぽん》の竹《たけ》だった。扇子《せんす》につかわれている竹《たけ》を加工《かこう》したフィラメントが、千二百時間《じかん》もひかりつづけたのだ。

「やった！　……ついに見《み》つけた！　これなら十分実用化《じゅうぶんじつようか》できる！」

さらに実験《じっけん》の結果《けっか》、京都《きょうと》の八幡山《はちまんやま》の竹《たけ》が、もっとも適《てき》していることがわかった。すぐにエジソンは電球会社《でんきゅうがいしゃ》を設立《せつりつ》し、大量生産《たいりょうせいさん》をはじめた。

電灯《でんとう》は、人々《ひとびと》のくらしをすっかりかえた。

「暗闇《くらやみ》をてらしてくれる、魔法《まほう》の光《ひかり》だ。」

「まぶしすぎないし、風《かぜ》でもゆらめかない。やわらかい、あたたかい光《ひかり》だ。」

「エジソンはやっぱり魔術師《まじゅつし》だ！　科学《かがく》の魔術師《まじゅつし》だ！」

やがてメンロパークから、ニューヨーク郊外《こうがい》のウエストオレンジへと研究所《けんきゅうじょ》をうつしたエジソンは、ここでもつぎつぎと発明品《はつめいひん》を世《よ》におくりだしていく。いまの映画《えいが》のもとになったキネトスコープ、アルカリ蓄電池《ちくでんち》、それを利用《りよう》した電気自動車《でんきじどうしゃ》や電気機関車《でんききかんしゃ》、ラジオのアンテナ、電気《でんき》のスイッチもエジソンの発明《はつめい》である。

「天才《てんさい》とは、天《てん》があたえてくれる一パーセントのひらめきと、それを実現《じつげん》するための九十九パーセントの努力《どりょく》からなるものです。」

天才《てんさい》エジソンは、一九三一年《ねん》、八十四歳《さい》で亡《な》くなった。

彼《かれ》の葬儀《そうぎ》の日《ひ》の夜《よる》、アメリカ中《じゅう》の家庭《かてい》が電灯《でんとう》のあかりを数分間《すうふんかん》消《け》した。暗闇《くらやみ》の中《なか》、偉大《いだい》なる発明王《はつめいおう》に感謝《かんしゃ》し、その冥福《めいふく》をいのったのである。

ものしり偉人伝

エジソンと親友《しんゆう》になった自動車王《じどうしゃおう》「フォード」

ヘンリー・フォードは、ガソリンエンジンの自動《じどう》車《しゃ》を世《よ》にひろめたアメリカの自動車王《じどうしゃおう》だよ。

もともとフォードは機械《きかい》がすきで、機械工場《きかいこうじょう》の見《み》習《なら》いになって腕《うで》をみがいた。そしてエジソンの会《かい》社《しゃ》で、発電所《はつでんしょ》の技師《ぎし》としてはたらいたこともあったんだ。フォードは、毎晩仕事《まいばんしごと》がおわってから、自宅《じたく》で自動車《じどうしゃ》の研究《けんきゅう》をつづけていた。彼《かれ》はくじけそうになったとき、自分《じぶん》が尊敬《そんけい》するエジソンに相談《そうだん》をしてはげまされ、ガソリン自動車《じどうしゃ》を完成《かんせい》させることができたんだ。

会社《かいしゃ》をたちあげたフォードは、やがて、流《なが》れ作業《さぎょう》による自動車《じどうしゃ》の生産《せいさん》に成功《せいこう》する。この方法《ほうほう》によって、たくさんの自動車《じどうしゃ》が安《やす》くつくれるようになり、自動《じどう》車《しゃ》が身近《みぢか》なものになったんだよ。

成功《せいこう》し大金《おおがね》持《も》ちになったフォードは、エジソンへお礼《れい》をしようと考《かんが》えた。そこでエジソンにはないしょで、エジソンが少年時代《しょうねんじだい》すごした汽車《きしゃ》の実験室《じっけんしつ》や、メンロパークの研究室《けんきゅうしつ》を、当時《とうじ》とそっくりにつくり、そこへエジソンを招待《しょうたい》したそうだ。

齋藤孝の
偉人《いじん》
かいせつ

エジソン

エジソンはエネルギーのかたまりのような人《ひと》だった。とにかくいつも仕事《しごと》＝《イコール》発明《はつめい》のことばかり考《かんが》えていて、睡眠時間《すいみんじかん》もとても短《みじか》かったといわれているよ。工場《こうじょう》に寝《ね》泊《と》まりすることもよくあったらしい。いつでも、なんでも、思《おも》いついたらすぐにメモをとるメモ魔《ま》だったんだって。

エジソンはたくさんの発明《はつめい》をしたんだけど、やみくもにとりくんでいたわけではなくて、じつは得意《とくい》分野《ぶんや》があったんだ。エジソンといえば電球《でんきゅう》の発明《はつめい》が有名《ゆうめい》だね。電球《でんきゅう》をつかうためには電気《でんき》が必要《ひつよう》だから、発電所《はつでんしょ》をつくったり、電池《でんち》をつくったりした。そして、電気《でんき》アイロンやトースターなど、電気《でんき》をつかったいろんな道具《どうぐ》を発明《はつめい》したりした。つまり電気《でんき》を中心《ちゅうしん》にした発明《はつめい》をしていったんだ。

みんなも得意《とくい》な分野《ぶんや》をつくってみよう！　だれにも負《ま》けないくらいくわしい分野《ぶんや》をね。そこからいろんなことが、ふつうとはちがった視点《してん》から見《み》られたり、いろいろと発展《はってん》させて考《かんが》えることができるようになるはずだよ。

ピカール親子《おやこ》

人類《じんるい》ではじめて、成層圏《せいそうけん》と深海《しんかい》へいった冒険家《ぼうけんか》親子《おやこ》

ピカール親子（父オーギュスト 1884 〜 1962 年、
子ジャック 1922 〜 2008 年）
オーギュストはスイスの物理学者。
気球にのり、人類ではじめて成層圏へいった。
その後、深海探検をはじめ、ジャックが
地球最深部の海底へ到達した。

「ポール、用意《ようい》はいいかな？」

「こっちはオーケーですよ、オーギュスト！」

「よーし、じゃあ、空《そら》のてっぺんまでおでかけするとしようか。」

ここはドイツのアウクスブルク。スイス人《じん》の物理学者《ぶつりがくしゃ》オーギュスト・ピカールは、同僚《どうりょう》ポール・キプファーといっしょに、気球《ききゅう》にのりこんでいた。

それはただの気球《ききゅう》ではなく、成層圏《せいそうけん》の探検《たんけん》をめざす特別製《とくべつせい》の気球《ききゅう》だ。コクピットは直径《ちょっけい》二・一メートルほどのアルミ製《せい》の球体《きゅうたい》で、それをもちあげる気球《ききゅう》は直径《ちょっけい》三十メートル、高《たか》さは十五階建《かいだ》てのビルほどもあった。オーギュストの設計《せっけい》によるもので、援助団体《えんじょだんたい》の名前《なまえ》をとって、FNRS《エフエヌアールエス》と名《な》づけられた。

「じゃあ地上班《ちじょうはん》にロープをはずしてもらおう。……あれ？　なんてこった、もうとんでるぞ！」

気球《ききゅう》は、かってにとんでいかないようにロープで地上《ちじょう》につながれていた。ところがオーギュストが離陸《りりく》の合図《あいず》をおくろうと窓《まど》から外《そと》を見《み》たときには、すでに気球《ききゅう》はとんでいた。強風《きょうふう》でロープがきれてしまったのだ。

「やれやれ！　なんともしまらない出発《しゅっぱつ》になってしまったな。」

「でもすんなり離陸《りりく》できてよかったじゃないですか。」

「あはは、それもそうだ。」

FNRS《エフエヌアールエス》は順調《じゅんちょう》に高度《こうど》をあげていった。

FNRS《エフエヌアールエス》のコクピットは、気密室《きみっしつ》になっている。人《ひと》のいる空間《くうかん》を地上《ちじょう》とおなじくらいの気圧《きあつ》にしないと、ほとんど空気《くうき》のない成層圏《せいそうけん》では人体《じんたい》がもたない。

FNRS《エフエヌアールエス》は、世界《せかい》ではじめて、気密室《きみっしつ》をつかっての飛行《ひこう》に挑戦《ちょうせん》しているのだ。

「この気密室《きみっしつ》のアイデアを思《おも》いついたのは、ライオンのおりからなんだ。」

オーギュストはポールに話《はな》しかけた。

「十歳《さい》くらいのときかな、サーカスを見《み》にいったんだ。そこで見《み》たライオンのおりさ。ライオンがにげだすことがないように二重《にじゅう》になっていた。」

「ああ、そうですね。猛獣《もうじゅう》のおりは、たしか二重構造《にじゅうこうぞう》になってますよね。」

「猛獣使《もうじゅうつか》いが外《そと》にでるとき、まず内側《うちがわ》のおりからでて、それにカギをかける。それから外《そと》のおりをあけて、外《そと》にでる。」

「なるほど、そういえばこの気密室《きみっしつ》も二重構造《にじゅうこうぞう》だ。」

「そう。それがヒントになったというわけさ。」

ふたりが話《はな》していると、なにやらシューッという音《おと》がきこえた。さがすと、計器《けいき》をつなぐ管《くだ》の周辺《しゅうへん》から、外《そと》に空気《くうき》がもれでていた。

「ここだ。充填剤《じゅうてんざい》でなんとかなるだろう。」

なんとか臨時修理《りんじしゅうり》をおえ、やがて気球《ききゅう》は成層圏《せいそうけん》にはいっていった。

高度《こうど》一万《まん》五千メートルをこえたころ、また空気《くうき》がすこしもれはじめた。

「おや、また空気《くうき》がもれてきたな。もうそろそろもどるとしよう。」

「一万《まん》五千か……。前人未到《ぜんじんみとう》のエリアまできちゃいましたね。」

「うむ。わたしたちは最初《さいしょ》に成層圏《せいそうけん》へきた人間《にんげん》になったわけだ。あとは無事《ぶじ》にかえるだけだ。」

オーギュストは、気球《ききゅう》の水素《すいそ》をぬくためのバルブをあけようとした。

「ん？　おかしい。バルブがひらかないぞ！」

気球《ききゅう》は水素《すいそ》の浮力《ふりょく》によってもちあげられている。水素《すいそ》をすこしずつぬくことで、気球《ききゅう》は降下《こうか》するのだが、そのバルブがひらかないのだ。どうやら離陸《りりく》のときにきれたロープが、バルブ調整用《ちょうせいよう》ロープにからまっているようだった。

「……どうします？」

「うーん、水素《すいそ》を一気《いっき》にぬくバルブもあるが、そんなことをすれば墜落《ついらく》だ。」

「そりゃあ……命《いのち》はないですね。」

「このまましばらくようすを見《み》るしかないだろうな。」

人類《じんるい》ではじめて成層圏《せいそうけん》へきた彼《かれ》らは、人類《じんるい》ではじめて成層圏《せいそうけん》で遭難《そうなん》することとなった。ふたりは、はるか上空《じょうくう》を、運命《うんめい》にまかせてさまようしかなかった。

それから十時間《じかん》もたった午後《ごご》三時《じ》ごろ、幸運《こううん》なことに気球《ききゅう》はゆっくりと高度《こうど》をさげはじめた。口《ひ》がかたむいたことで気球内《ききゅうない》の水素《すいそ》がひえ、浮力《ふりょく》が小《ちい》さくなった

のだ。FNRS《エフエヌアールエス》はいつしか南《みなみ》へながされて、すでにアルプスをこえていた。

夕暮《ゆうぐ》れとともに、だんだんと気球《ききゅう》の降下《こうか》するスピードがはやくなっていた。

もう呼吸用《こきゅうよう》の空気《くうき》は底《そこ》をついてしまい、オーギュストはハッチをあけた。新《しん》鮮《せん》な空気《くうき》と冷《つめ》たい風《かぜ》で、ぼんやりしていた頭《あたま》がすっきりした。

「いま、どのあたりですかね？」

「おそらくオーストリアだ。なーに、きっといい場所《ばしょ》にうまく着陸《ちゃくりく》できるさ。」

ふと下《した》を見《み》たオーギュストは、山《やま》の中《なか》に小《ちい》さな村《むら》を見《み》つけた。

「村《むら》だ！　おーい！　おーい！　たすけてくれ！」

だれかが見《み》ているのかさえもわからなかったが、力《ちから》いっぱい合図《あいず》をおくった。

しだいに地面《じめん》が近《ちか》くなる。行《ゆ》く手《て》の山間《やまあい》に、雪《ゆき》のつもった場所《ばしょ》が見《み》えた。

「よし、あそこに着地《ちゃくち》しよう。……まだ、まだ、まだ、……いまだっ！」

オーギュストは水素《すいそ》を一気《いっき》に放出《ほうしゅつ》するバルブをひらいた。

ザザザザーッ！

FNRS《エフエヌアールエス》は、雪《ゆき》の上《うえ》をすべるように着陸《ちゃくりく》した。かなり乱暴《らんぼう》な不時着《ふじちゃく》だったが、ふたりとも大《おお》きなケガなどせずに、無事《ぶじ》に地上《ちじょう》へともどってこられたのである。

おりた場所《ばしょ》は、オーストリアの氷河《ひょうが》だった。やがてオーギュストが合図《あいず》をおくった村《むら》から救助《きゅうじょ》がきてくれたが、それまでふたりは身《み》をよせあって寒《さむ》さにたえるしかなかった。

無事《ぶじ》に再会《さいかい》できたオーギュストに、夫人《ふじん》がいった。

「二度《にど》と会《あ》えないかと思《おも》ったわ。もう気球《ききゅう》でとぶなんてやめてちょうだい！」

「わかった。心配《しんぱい》をかけてすまなかったね。」

夫人《ふじん》とのこの約束《やくそく》を守《まも》ったのか、オーギュストはそのあと、気球《ききゅう》での冒険《ぼうけん》はしていない。

ところが気球《ききゅう》にかわって彼《かれ》がのめりこんだものがある。それは深海探索《しんかいたんさく》だった。身近《みぢか》な海《うみ》とはいえ、そのほとんどは未知《みち》の世界《せかい》。オーギュストは、深《ふか》い海《うみ》の中《なか》がどうなっているのか、ずっと見《み》てみたかったのだ。

それまでの深海探索《しんかいたんさく》は、バチスフェアという窓《まど》つきの潜水球《せんすいきゅう》に人《ひと》がはいり、ワイヤーでつりさげてもぐっていた。これはワイヤー一本《ぽん》を命綱《いのちづな》とする危険《きけん》な探検《たんけん》で、深度《しんど》や移動《いどう》の制限《せいげん》なども多《おお》かった。

オーギュストは、これにかわる探索方法《たんさくほうほう》をすぐに思《おも》いつく。

「探索機《たんさくき》の外《そと》の圧力《あつりょく》がちがうだけで、深海《しんかい》も成層圏《せいそうけん》とおなじようなものだ。F《エフ》

NRS《エヌアールエス》の技術《ぎじゅつ》がうまく利用《りよう》できるぞ。」

彼《かれ》はFNRS2《エフエヌアールエスツー》と名《な》づけたバチスカーフ（深海潜水艇《しんかいせんすいてい》）の開発《かいはつ》にとりかかった。

気球《ききゅう》では浮力《ふりょく》をえるのに水素《すいそ》をつかったが、バチスカーフでは水《みず》より軽《かる》いガソリンを使用《しよう》した。そして重《おも》りをつかってもぐり、浮上《ふじょう》するときはその重《おも》りをきりはなす方法《ほうほう》をとった。

開発《かいはつ》は順調《じゅんちょう》だった。ところがFNRS2《エフエヌアールエスツー》のもち主《ぬし》が、もともとのベルギー国《こく》からフランス軍《ぐん》にうつり、思《おも》いどおりに開発《かいはつ》ができなくなってしまう。

事情《じじょう》をきいた息子《むすこ》のジャックは、オーギュストに提案《ていあん》をした。

「親父《おやじ》、それならぼくらといっしょにやらないか？」

「おまえたちと？　えらく費用《ひよう》がかかるんだぞ。」

「ああ、いい友人《ゆうじん》がいるんだ。親父《おやじ》の冒険《ぼうけん》の手《て》だすけがしたいといっている。」

ジャックは、大学《だいがく》で経済学《けいざいがく》の教授《きょうじゅ》をしていたこともあり、有力者《ゆうりょくしゃ》といわれる人々《ひとびと》と親《した》しいあいだがらだったのだ。

オーギュストはジャックにさそわれて、彼《かれ》のなかまたちと、イタリアで新《あら》たなバチスカーフの開発《かいはつ》をはじめる。新型《しんがた》のバチスカーフは、そのイタリアの地《ち》名《めい》にちなんで、トリエステと名《な》づけられた。

このあとアメリカ海軍《かいぐん》が協力《きょうりょく》にのりだしたことで、さらにトリエステの開発《かいはつ》は加速《かそく》する。

そして一九六〇年《ねん》には、息子《むすこ》ジャック・ピカールが、アメリカ海軍《かいぐん》の大尉《たいい》ドン・ウォルシュとともに、マリアナ海溝《かいこう》のチャレンジャー海淵《かいえん》へ挑戦《ちょうせん》した。水《すい》深《しん》一万《まん》八百六十三メートルの海底《かいてい》に、トリエステは着地《ちゃくち》するのである。ここは世界《せかい》でもっとも深《ふか》いとされる場所《ばしょ》のひとつで、これ以上《いじょう》はもうもぐれる場所《ばしょ》がない。地球最深部《ちきゅうさいしんぶ》へのいちばんのりだった。

この冒険《ぼうけん》の成功《せいこう》によって、ピカール親子《おやこ》は、地球上《ちきゅうじょう》でもっとも高《たか》い場所《ばしょ》と、もっとも深《ふか》い場所《ばしょ》にはじめて到達《とうたつ》した親子《おやこ》となったのである。

「わたしは、見《み》えない暗闇《くらやみ》の世界《せかい》へサーチライトをむけただけです。そうしないと、わたしたちが生《い》きてる意味《いみ》なんてないでしょう?」

オーギュストがそう語《かた》ったように、彼《かれ》らの冒険《ぼうけん》により、成層圏《せいそうけん》の研究《けんきゅう》や、深《しん》海《かい》での海底調査《かいていちょうさ》は大《おお》きく前進《ぜんしん》した。そして彼《かれ》らの未知《みち》の世界《せかい》への挑戦《ちょうせん》は、人間《にんげん》の可能性《かのうせい》と、人生《じんせい》のすばらしさを証明《しょうめい》することにもなったのである。

齋藤孝の
偉人《いじん》
かいせつ

ピカール親子《おやこ》

オーギュスト・ピカールは、地球《ちきゅう》のいちばん高《たか》いところまで行《い》ったあと、さらにいちばん深《ふか》くまでもぐってみようとするわけだけど、そのとき、それまでやってきた気球《ききゅう》の技術《ぎじゅつ》や経験《けいけん》がいかせるんじゃないかと、どんどんつなげていく「止《と》まらなさ」がいいね。

それまでだれもいったことがないところというのは、やっぱり命《いのち》の危険《きけん》があるものなんだけど、そこをどうしても見《み》てみたいという気持《きも》ち、それが冒険心《ぼうけんしん》だね。ぼくは小学生《しょうがくせい》のころ、冒険小説《ぼうけんしょうせつ》がすきで、ジュール・ベルヌの海底探検《かいていたんけん》ものや、月世界《げっせかい》の本《ほん》をよく読《よ》んでいた。ピカール親子《おやこ》は、ぼくらのＳＦ《エスエフ》（サイエンス・フィクション）の夢《ゆめ》を、実際《じっさい》にやってくれた人《ひと》といえるだろう。

小学生《しょうがくせい》のうちに、こういう人《ひと》の伝記《でんき》やベルヌの冒険小説《ぼうけんしょうせつ》を読《よ》んで冒険心《ぼうけんしん》をかきたてておこう。きっと大人《おとな》になったとき、冒険家《ぼうけんか》にはならないにしても、べつの形《かたち》で冒険心《ぼうけんしん》というものはあらわれてくるんじゃないかと思《おも》うんだ。

ナポレオンもあこがれた、古代《こだい》ローマの偉大《いだい》な英雄《えいゆう》

カエサル

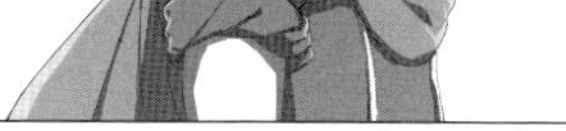

ユリウス・カエサル（紀元前102～紀元前44年）
古代ローマの軍人であり、政治家。
武術のほか、演説や文章にも才能を発揮した。
貧しい人をすくう政治をするなど、
ローマ市民にたいへん人気があった。
英語読みではシーザー。

「ローマはいったい、どうしたのだ。国《くに》のほこりはどこにいったのだ……。」

貴族出身《きぞくしゅっしん》のユリウス・カエサルは、母国《ぼこく》のありさまに心《こころ》を痛《いた》めていた。

アレキサンダー大王《だいおう》の死《し》んだあと、地中海《ちちゅうかい》の周辺国《しゅうへんこく》をつぎつぎと征服《せいふく》した
ローマは、手《て》にいれた財宝《ざいほう》で裕福《ゆうふく》になり、人々《ひとびと》ははたらくことをやめてしまった。そして奴隷《どれい》をこきつかったり、奴隷《どれい》に殺《ころ》しあいをさせるあそびに夢中《むちゅう》になるような、情《なさ》けない国《くに》になりはてていた。

「わたしはローマをすくいたい。そのために、まずは権力《けんりょく》を手《て》にいれないと。」

貴族《きぞく》とはいえ、政治《せいじ》での影響力《えいきょうりょく》はゼロに等《ひと》しかった彼《かれ》は、機《き》を見《み》て、元老院《げんろういん》の議員《ぎいん》の一員《いちいん》にくわわった。元老院《げんろういん》は、国《くに》の政策《せいさく》などを最終決定《さいしゅうけってい》する、ローマ共和制《きょうわせい》の最高機関《さいこうきかん》だ。

とはいえ、カエサルはまだその元老院《げんろういん》のすみっこに席《せき》をもつ、かけだしの若《わか》

造《ぞう》でしかなかった。

ある日《ひ》、元老院《げんろういん》の議会《ぎかい》の会場《かいじょう》で、カエサルはふたりの貴族《きぞく》のやりとりに注目《ちゅうもく》していた。

「あばれまわっている地中海《ちちゅうかい》の海賊《かいぞく》を退治《たいじ》しよう。そのために、わたしに大軍《たいぐん》の指揮権《しきけん》をみとめることに賛成《さんせい》してほしい！」

「なにをばかな！　そんな大軍《たいぐん》をあたえてしまえば、きっと彼《かれ》は独裁者《どくさいしゃ》のようになってしまうぞ。元老院《げんろういん》のみなさん、みとめてはいけない！」

いい争《あらそ》っているのは、執政官《しっせいかん》のポンペイウスとクラッススだった。

執政官《しっせいかん》とは、政治《せいじ》について強《つよ》い発言権《はつげんけん》をもつ名門貴族《めいもんきぞく》の代表《だいひょう》で、当時《とうじ》はこの二名《めい》が執政官《しっせいかん》として政治《せいじ》の中心《ちゅうしん》にいた。そしてふたりは権力争《けんりょくあらそ》いをくりひろげ、ことあるごとに、いがみあっていた。

「ポンペイウスどのが軍事《ぐんじ》に明《あか》るいとはいえ、あまりにも力《ちから》のかたよるとりきめになってしまうな。」

「元老院《げんろういん》としては、みとめるわけにはいかんだろう。」

「クラッススどののいうとおり、リスクが大《おお》きすぎますな。」

元老院《げんろういん》の決定《けってい》は、反対意見《はんたいいけん》で落《お》ちつきそうだった。

カエサルはここぞとばかりに席《せき》を立《た》ち、大《おお》きな声《こえ》でいった。

「わたしは賛成《さんせい》します。」

場内《じょうない》がざわついた。全員《ぜんいん》の視線《しせん》が、立《た》ちあがった若者《わかもの》のほうにむいた。

「海賊《かいぞく》の被害《ひがい》がこれ以上大《いじょうおお》きくなると、ローマの経済《けいざい》はガタガタになります。クラッススどのの、世界《せかい》にほこる富《とみ》も例外《れいがい》ではありませんよ。すでに市民《しみん》の生《せい》活《かつ》には影響《えいきょう》がではじめているではありませんか。ここはポンペイウスどのを信《しん》頼《らい》しておまかせしましょう！」

カエサルの意見《いけん》によって、元老院《げんろういん》の決定《けってい》はひっくりかえった。

そしてポンペイウスは海賊退治《かいぞくたいじ》を実行《じっこう》し、全滅《ぜんめつ》に成功《せいこう》した。ローマの人々《ひとびと》は喜《よろこ》び、この政策《せいさく》を決定《けってい》した元老院《げんろういん》と執政官《しっせいかん》に拍手《はくしゅ》をおくった。

つぎにカエサルは、得意《とくい》の演説《えんぜつ》でポンペイウスとクラッススに語《かた》りかけた。

「おふたりは、わが国《くに》のリーダーです。おふたりが力《ちから》をあわせれば、ローマの将来《しょうらい》はどれほど明《あか》るいものになるでしょう。どうか握手《あくしゅ》を。ローマの未来《みらい》のために。」

カエサルはいがみあっていたふたりを口説《くど》き、その仲《なか》をとりもつことに成功《せいこう》したのだ。

「表面上《ひょうめんじょう》かもしれないが、あの仲《なか》のわるいふたりが手《て》をむすぶなんて！」

「ああ、おどろいた。あのカエサルという男《おとこ》、なかなか大物《おおもの》だな。」

「個人《こじん》の利益《りえき》ではなく、国全体《くにぜんたい》を見《み》ることができる目《め》をもっているようだ。」

この説得《せっとく》によって、それまでふたりを支持《しじ》していた貴族《きぞく》たちも、カエサルの実力《じつりょく》に気《き》づきはじめた。

そうしてカエサルは、つぎの執政官《しっせいかん》の選挙《せんきょ》に立候補《りっこうほ》し、派閥《はばつ》をこえた幅《はば》ひろい支持《しじ》をえて当選《とうせん》するのである。これにより、執政官《しっせいかん》は、ポンペイウス、クラッスス、カエサルの三人《にん》となる。この三人《にん》による政治《せいじ》は「三頭政治《さんとうせいじ》」とよばれ、ときに元老院《げんろういん》よりも強《つよ》いものになった。

紀元前五八年《きげんぜんごはちねん》、カエサルはガリア地方《ちほう》を征服《せいふく》するため、司令官《しれいかん》として四つの軍団《ぐんだん》をひきい、遠征《えんせい》にでかけた。

戦場《せんじょう》でもカエサルの評判《ひょうばん》は高《たか》かった。ただ戦略《せんりゃく》に長《た》けているだけでなく、先《せん》頭《とう》に立《た》って勇敢《ゆうかん》に戦《たたか》う姿《すがた》は、部下《ぶか》の士気《しき》を高《たか》めた。司令官《しれいかん》としての自分《じぶん》の待遇《たいぐう》よりも、傷《きず》ついた兵士《へいし》を優遇《ゆうぐう》するなど、部下《ぶか》をとても大切《たいせつ》にした。征服《せいふく》で手《て》にいれた財宝《ざいほう》に自分《じぶん》は手《て》をださず、すべて部下《ぶか》にあたえていた。

「おれのケガを気《き》づかって、自分《じぶん》のねる場所《ばしょ》をわざわざあけてくれたんだよ。こんな長官《ちょうかん》、ほかにはいないよ。」

「いばっていないのに存在感《そんざいかん》がある。頭《あたま》もきれるし、剣《けん》の腕《うで》も立《た》つ。まったくたいしたおかただ。」

「カエサルさまに、この命《いのち》をあずけようじゃないか！」

兵士《へいし》たちはカエサルをしたい、その信頼関係《しんらいかんけい》は、カエサルひきいる軍《ぐん》をさらに強《つよ》い集団《しゅうだん》にした。

カエサルがガリアで勢力《せいりょく》をひろげていたそのころ、ローマでは、ポンペイウスがやりたいほうだいをやっていた。ライバルのクラッススが戦死《せんし》し、カエサルも不在《ふざい》とあって、ただひとりの執政官《しっせいかん》として権力《けんりょく》をふるっていたのだ。

ローマは、また無秩序《むちつじょ》な国《くに》になっていた。

「役人《やくにん》さえ賄賂《わいろ》で買収《ばいしゅう》されている。このままではローマはほろびてしまうぞ。」

「すくいはカエサルだ！　もうすぐガリア遠征《えんせい》からかえってくる！」

「カエサルならこの国《くに》を、我々《われわれ》を、すくってくれるにちがいない。」

民衆《みんしゅう》のカエサルへの期待《きたい》は、高《たか》まるいっぽうだった。

そうなると、ポンペイウスはおもしろくなかった。カエサルの名前《なまえ》を耳《みみ》にするたびに彼《かれ》はイライラした。カエサルの人気《にんき》に嫉妬《しっと》したのだ。

そして、カエサルがかえってくれば、執政官《しっせいかん》としての自分《じぶん》の立場《たちば》も危《あや》うくなるかもしれないという不安《ふあん》もあった。

ポンペイウスは、ついにたえきれなくなった。

「カエサルの司令官《しれいかん》の役《やく》を解《と》いてしまえ！　カエサルにひとりでローマにかえってこさせろ！　武器《ぶき》も兵《へい》もなしでだ！　この命令《めいれい》を守《まも》らないなら、ヤツは反逆者《はんぎゃくしゃ》だ。たたきつぶしてやる！　もっともヤツもばかではないだろうがな。」

カエサルのことがこわくなったポンペイウスは、元老院《げんろういん》をうごかし、緊急《きんきゅう》の命令《めいれい》をだした。この命令《めいれい》により武力《ぶりょく》を失《うしな》ったカエサルが、ひとりでローマへかえってきたところをつかまえようと計画《けいかく》したのだ。

この命令《めいれい》がとどいたとき、カエサルの軍《ぐん》はすでにローマのそばまでもどってきていた。彼《かれ》らの目《め》の前《まえ》には、ガリアとローマの国境《こっきょう》にあたるルビコン川《がわ》が横《よこ》たわっていた。

カエサルは川《かわ》を前《まえ》にして、兵士《へいし》たちと話《はな》した。

「ここをみなとわたれば反逆者《はんぎゃくしゃ》か……。」

「まったくひどい命令《めいれい》です。兵《へい》を置《お》いてひとりでかえれとは……罠《わな》にちがいありません。」

「ポンペイウスどのは、わたしにもどってこられてはこまるのだ。それだけいまのローマが乱《みだ》れているということだ。ほうってはおけない。」

「……カエサル長官《ちょうかん》、ご命令《めいれい》を。我々《われわれ》はあなたについていきます。たとえローマの大軍《たいぐん》を相手《あいて》にすることになっても。」

「ありがとう。」

カエサルは兵士《へいし》たちにむかって、声高《こわだか》に決意《けつい》をのべた。

「諸君《しょくん》、さいはなげられた！　我々《われわれ》はこれからローマへ進軍《しんぐん》する。これはひきかえすことのできない大《おお》きな賭《か》けだ。ねがおう！　ローマに正義《せいぎ》を！」

カエサルの軍《ぐん》はルビコン川《がわ》をわたり、ローマへと一気《いっき》にすすんでいった。


「なにっ！　カエサルの軍《ぐん》が迫《せま》ってきているだと！　こうしちゃおれん！」

ポンペイウスはあわてふためいた。カエサルがひとりでくるものと、たかをくくっていたからだ。恐《おそ》れをなしたポンペイウスは、軍《ぐん》を指揮《しき》して戦《たたか》うどころか、さっさと国外《こくがい》へ逃走《とうそう》してしまった。

ポンペイウスのいなくなったローマでは、民衆《みんしゅう》がカエサルを歓迎《かんげい》した。

「我《われ》らがカエサルどのがかえってきたぞ！」

「カエサルばんざい！　ローマばんざい！」

こうしてカエサルは、争《あらそ》いで血《ち》をながさずにローマにもどることができた。民衆《みんしゅう》の大歓迎《だいかんげい》をうけたカエサルは、その期待《きたい》をうらぎることなく、しいたげられていた人々《ひとびと》をすくい、ローマの平和《へいわ》をとりもどした。


このあと、共和制《きょうわせい》をまもろうとする集団《しゅうだん》によって暗殺《あんさつ》されるまで、カエサルはその絶大《ぜつだい》な力《ちから》をもって国《くに》を統治《とうち》し、社会《しゃかい》のしくみなどを整理《せいり》していった。

ローマ皇帝《こうてい》の地位《ちい》にこそ就《つ》かなかったものの、カエサルの影響力《えいきょうりょく》はほかの指《し》導者《どうしゃ》とはくらべものにならない。たとえば現在《げんざい》つかわれている暦《こよみ》も、カエサルがさだめた太陽暦《たいようれき》がもとになっているものなのだ。

齋藤孝の
偉人《いじん》
かいせつ

カエサル

ドイツ語《ご》で「皇帝《こうてい》」のことを「カイザー」というけど、これは「カエサル」からきた言葉《ことば》なんだ。それくらいすごい人《ひと》だったんだろうね。

おもしろいことに、ローマ市民《しみん》だけじゃなく、征服《せいふく》された国《くに》の市民《しみん》にも、カエサルは人気《にんき》があったんだよ。というのも、カエサルは暴力的《ぼうりょくてき》な支配《しはい》をしなかったから。カエサルは相手《あいて》の文化《ぶんか》を大切《たいせつ》にし、税金《ぜいきん》も安《やす》くするなど、とてもやさしい統治者《とうちしゃ》だったんだ。それだけじゃない。カエサルは、支配《しはい》された人《ひと》たちの気持《きも》ちもわかっていた。「強《つよ》いローマのなかまになれば、敵《てき》におそわれにくく、安心《あんしん》してくらすことができる。」というわけだね。だからカエサルは、相手《あいて》をなっとくさせたうえで支配《しはい》をしていたんだよ。

カエサルは軍人《ぐんじん》としてだけじゃなく、新《あたら》しい暦《こよみ》を考《かんが》えたり、制度《せいど》をととのえたりと、政治家《せいじか》としてもすぐれていた。また文章《ぶんしょう》もうまくて、彼《かれ》の書《か》いた『ガリア戦記《せんき》』は、よい文章《ぶんしょう》のお手本《てほん》にもなった。とても頭《あたま》のいい英雄《えいゆう》だったんだ！

ナポレオン

王《おう》や貴族《きぞく》による支配《しはい》と戦《たたか》った、フランスの英雄《えいゆう》

ナポレオン・ボナパルト（1769 ～ 1821 年）
フランスの英雄。フランス革命のあと、
市民革命軍をひきいて、王や貴族を応援する国々と戦い、
すぐれた戦略で勢力をヨーロッパ全土にひろげた。
また法律をつくるなど、国の安定と発展にもつくした。

一七八九年《ねん》におこったフランス革命《かくめい》。市民《しみん》によるこの革命《かくめい》により、フランスは、国王《こくおう》による政治《せいじ》から、市民《しみん》による議会政治《ぎかいせいじ》へとかわることになった。歴史《れきし》のうえでも、大《おお》きなできごとである。

しかし、国内《こくない》の混乱《こんらん》は、革命後《かくめいご》もずっとつづいていた。政党《せいとう》は激《はげ》しく対立《たいりつ》し、外国《がいこく》との戦争《せんそう》もつづき、混乱《こんらん》のしわよせは国民《こくみん》の生活《せいかつ》を直撃《ちょくげき》していた。

「いつまでこんな日《ひ》がつづくんだ……。」

「フランスはいったいどうなるんだ?」

「我々《われわれ》の国《くに》をひっぱってくれる強《つよ》いリーダーはいないものか……。」

肉体的《にくたいてき》にも精神的《せいしんてき》にも苦《くる》しい生活《せいかつ》をおくっていたフランス国民《こくみん》は、長《なが》びく不《ふ》安定《あんてい》な日々《ひび》につかれはてていた。

そんなときに、まち望《のぞ》んだヒーローが登場《とうじょう》する。革命軍《かくめいぐん》の兵士《へいし》ナポレオン・

ボナパルト。のちに皇帝《こうてい》ナポレオン一世《せい》となる男《おとこ》だ。

「おい、きいたか？　パリであばれていた王党軍《おうとうぐん》を、革命軍《かくめいぐん》が鎮圧《ちんあつ》したとよ。」

「指揮《しき》したのはナポレオンだって。」

「おお、あのナポレオンか！　ツーロン港《こう》にのさばっていた王党軍《おうとうぐん》とイギリス艦隊《かんたい》をおいはらったのも彼《かれ》だったな。」

「まだ二十代半《だいなか》ばだっていうのに、たいした軍人《ぐんじん》じゃないか。」

砲兵隊《ほうへいたい》の隊長《たいちょう》だったナポレオンは、その天才的《てんさいてき》な戦術《せんじゅつ》によってつぎつぎと手《て》柄《がら》をたて、少将《しょうしょう》、中将《ちゅうじょう》と昇進《しょうしん》し、あっというまに革命軍《かくめいぐん》の総司令官《そうしれいかん》になった。

国民《こくみん》のあいだでは、しだいにナポレオンの人気《にんき》が高《たか》くなっていった。

ところが周辺国《しゅうへんこく》のイギリス、スペイン、オーストリア、ロシアなどの国々《くにぐに》は、フランス革命軍《かくめいぐん》をよく思《おも》ってはいなかった。

革命軍《かくめいぐん》にみちびかれて、フランスがこのまま平和《へいわ》にむかうことは、フランス革命《かくめい》の成功《せいこう》を意味《いみ》する。市民《しみん》の手《て》によって王《おう》がたおされてしまう革命《かくめい》が成功《せいこう》したとあっては、王国《おうこく》である自国《じこく》にとって、よくない手本《てほん》となるからだ。

そのため各国《かっこく》は、フランス王党派《おうとうは》を応援《おうえん》し、フランス革命軍《かくめいぐん》をたおそうとしていた。しかし、ナポレオンの戦略《せんりゃく》の前《まえ》に、どの作戦《さくせん》も失敗《しっぱい》におわっていた。唯一《ゆいいつ》イギリス軍《ぐん》だけが、得意《とくい》の海戦《かいせん》でナポレオンに勝利《しょうり》しているのみだった。

いっぽうのナポレオンにとっても、イギリスはじゃまな存在《そんざい》だった。

当時《とうじ》のイギリスは、インドなど各地《かくち》に植民地《しょくみんち》をもっていた。豊《ゆた》かな財源《ざいげん》をもつイギリスは、海軍《かいぐん》をはじめ、ヨーロッパでも最強《さいきょう》の国《くに》だったのだ。

ナポレオンはイギリスをたたくため、一七九八年《ねん》、エジプトへ遠征《えんせい》をこころみる。イギリスの貿易《ぼうえき》ルートの中継地点《ちゅうけいちてん》であるエジプトを占領《せんりょう》することで、イギリスの財源《ざいげん》をたちきろうという作戦《さくせん》である。

ところがナポレオンの不在中《ふざいちゅう》に、周辺国《しゅうへんこく》が勢力《せいりょく》を盛《も》りかえし、フランスの国内《こくない》の混乱《こんらん》がまたひどくなってしまった。

彼《かれ》はフランスへともどりながら考《かんが》えた。

「フランスはあいかわらず危機的状況《ききてきじょうきょう》にある。それはすべて政府《せいふ》に力《ちから》がないせいだ。わたしが国《くに》のリーダーになり、この国《くに》をすくう。それしかない。」

ナポレオンは決心《けっしん》した。革命軍《かくめいぐん》の兵士《へいし》たちとクーデターをおこし、自分自身《じぶんじしん》が政治《せいじ》を改革《かいかく》しようと。

「いまのフランスに必要《ひつよう》なのは、ゆるぎない強《つよ》い力《ちから》をもった政府《せいふ》だ。その力《ちから》とは、すなわち、軍隊《ぐんたい》だ！」

こうしてナポレオンは軍《ぐん》を指揮《しき》し、クーデターをおこした。武力《ぶりょく》によって、それまでの議会《ぎかい》を解散《かいさん》させ、新《あら》たな議会《ぎかい》をつくりだしたのだ。

そして自分自身《じぶんじしん》は軍《ぐん》の将軍《しょうぐん》かつ執政《しっせい》として、フランス国《こく》の政治《せいじ》をとりしきることになったのである。

ある日《ひ》、将軍《しょうぐん》ナポレオンのもとに、緊急《きんきゅう》の知《し》らせがはいった。

「たいへんです！　ジェノバにいるわがフランス軍《ぐん》が、オーストリア軍《ぐん》にとりかこまれています！　このままでは全滅《ぜんめつ》です！」

ナポレオンは、すぐに救出《きゅうしゅつ》を決定《けってい》した。

「ただちにわが兵士《へいし》たちをすくいにいくぞ！」

ナポレオンは地図《ちず》をひろげ、じっと考《かんが》えた。秘書官《ひしょかん》のひとりがいった。

「大軍《たいぐん》がとおれる道《みち》は、この南側《みなみがわ》の海《うみ》ぞいしかありませんな……。」

「それは、敵《てき》もわかっているだろう。」

「……といいますと？」

「そこから我々《われわれ》がやってくるのを、万全《ばんぜん》の態勢《たいせい》でまっていることだろう。我々《われわれ》は敵《てき》の裏《うら》をかかなくてはいけない。だからここをとおる。」

ナポレオンは地図上《ちずじょう》に力強《ちからづよ》く線《せん》をひいた。

「……‼　将軍《しょうぐん》！　そこはアルプス山脈《さんみゃく》です！」

「そんなことはわかっている。」

「雪《ゆき》がまだのこっていますし、大軍《たいぐん》がとおれるような道《みち》ではありません！　それに、雪崩《なだれ》でもおきたら……。」

「軍《ぐん》を三つに分《わ》ける。まずは工兵隊《こうへいたい》をすすませ、工事《こうじ》をするのだ！」

ナポレオンの命令《めいれい》により、フランス軍《ぐん》が進軍《しんぐん》しはじめた。

春《はる》とはいえ、まだ雪深《ゆきぶか》いアルプス山脈《さんみゃく》だ。しばらくすると、前《まえ》をいく工兵隊《こうへいたい》から知《し》らせがはいった。

「将軍《しょうぐん》……やはり工事《こうじ》は困難《こんなん》です。大軍《たいぐん》がとおる道《みち》などとても……。」

「だからといって、あきらめるのか？　なかまを見《み》すてるというのか？　敵《てき》にとりかこまれている友人《ゆうじん》たちを⁉」

ナポレオンは兵士《へいし》たちをあつめて、大《おお》きな声《こえ》をあげた。

「いいか！　よくきけ！」

兵士《へいし》たちはしずまりかえり、じっとナポレオンの言葉《ことば》に耳《みみ》をかたむけた。

「我々《われわれ》はいままで何度《なんど》も危機《きき》におちいった。そうだろう？」

兵士《へいし》たちは、しずかにうなずいた。

「しかしそのたび、勇気《ゆうき》と、気力《きりょく》と、知力《ちりょく》でのりきってきたじゃないか！　わたしを信《しん》じろ！　自分《じぶん》の力《ちから》を信《しん》じろ！　わたしときみたちに、こえられない峠《とうげ》など存在《そんざい》しない！」

勝利《しょうり》を信《しん》じてうたがわないナポレオンのまっすぐな目《め》。

兵士《へいし》たちはふるい立《た》った。まるで催眠術《さいみんじゅつ》にでもかかったかのように。

「そうだ！　将軍《しょうぐん》のいうとおりだ！　雪《ゆき》がなんだ！」

「やってやろうじゃないか！　無理《むり》なことなんてない！」

雪山《ゆきやま》の行軍《こうぐん》は困難《こんなん》をきわめ、雪崩《なだれ》に何人《なんにん》ものなかまがまきこまれた。それでもナポレオンはあきらめることなく、自分《じぶん》が先頭《せんとう》に立《た》ち、兵士《へいし》たちをはげましつづけた。兵士《へいし》たちはその姿《すがた》に勇気《ゆうき》づけられ、力《ちから》をふりしぼるのだった。

そしてついに、フランス軍《ぐん》は峠《とうげ》をこえる。

「あそこだ。一気《いっき》に突撃《とつげき》するぞ！」

ナポレオンひきいるフランス軍《ぐん》は、オーストリア軍《ぐん》に攻《せ》めいった。

数《かず》のうえでは圧倒的《あっとうてき》にまさるオーストリア軍《ぐん》ではあったが、予想《よそう》していない方角《ほうがく》からの奇襲《きしゅう》により、隊《たい》の陣形《じんけい》はくずされ、あわてふためいた。

「フランスの明日《あす》のために、なんとしても勝《か》たなくてはならない！」

ナポレオンは前線《ぜんせん》で指揮《しき》をとり、剣《けん》をふるった。きびしい戦《たたか》いだったが、後発隊《こうはったい》がいいタイミングで合流《ごうりゅう》し、フランス軍《ぐん》は勝利《しょうり》を手《て》にするのだ。

勝利《しょうり》を手《て》にパリへと凱旋《がいせん》したナポレオンたちは、国民《こくみん》の熱烈《ねつれつ》な歓迎《かんげい》をうけた。

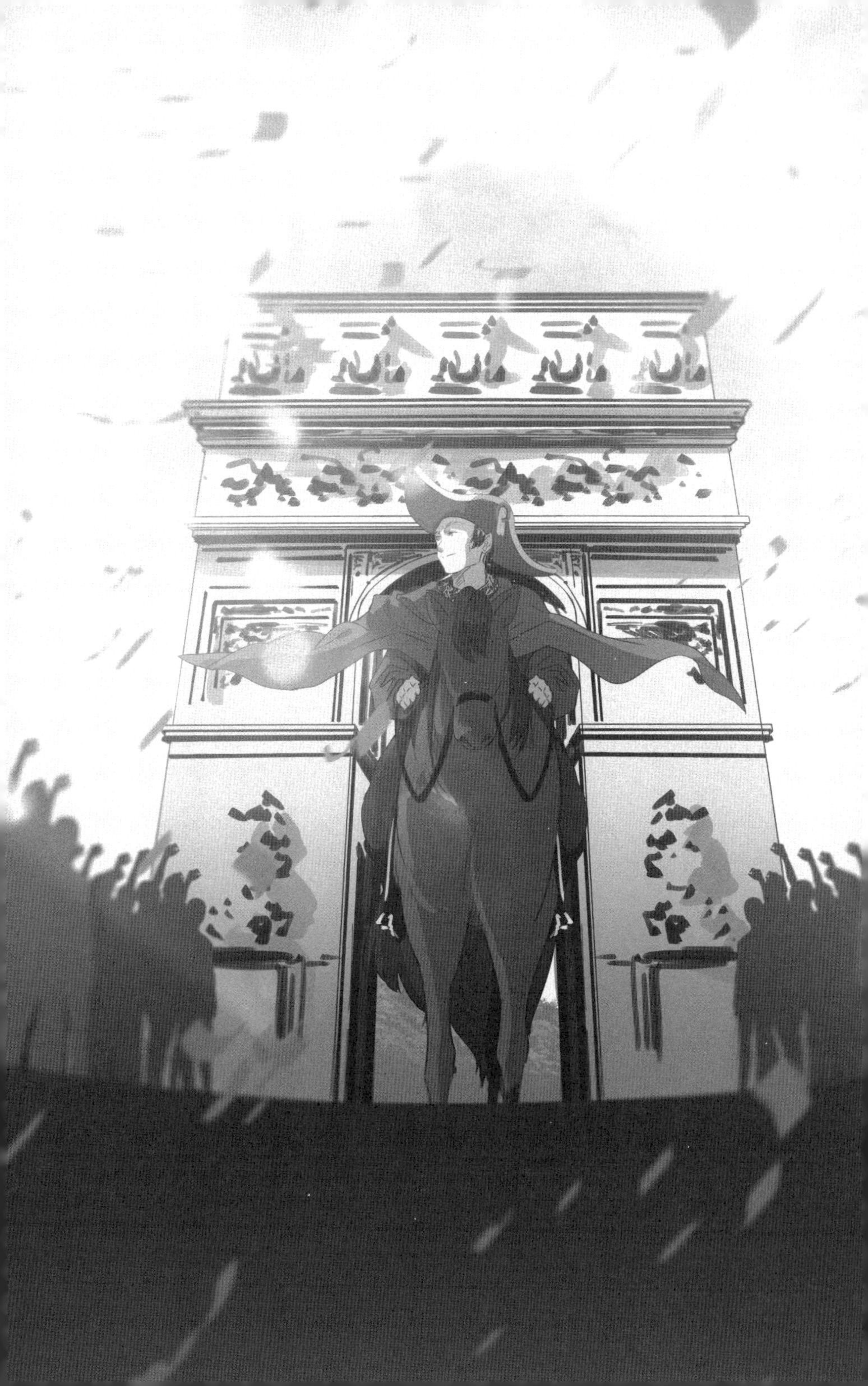

「フランスばんざい！　ナポレオンばんざい！」
「なかまを見《み》すてないやさしさ！　そして困難《こんなん》にみずから立《た》ちむかう勇気《ゆうき》！
ナポレオンこそ我《われ》らのリーダーにふさわしい！」

ナポレオンは政治家《せいじか》としても手腕《しゅわん》を発揮《はっき》した。乱《みだ》れた国内《こくない》を正《ただ》すため、ナポレオン法典《ほうてん》という憲法《けんぽう》をつくり、社会《しゃかい》のきまりを見《み》なおした。そして工業《こうぎょう》の復興《ふっこう》をはかり、道路《どうろ》を整備《せいび》し、学校《がっこう》をつくるなど、産業《さんぎょう》や文化面《ぶんかめん》にも力《ちから》をいれたのである。

こうした政策《せいさく》が評価《ひょうか》され、国民《こくみん》のナポレオンへの信頼《しんらい》はゆるぎないものになった。そして国民投票《こくみんとうひょう》で圧倒的《あっとうてき》な支持《しじ》をえて、ナポレオンはついに皇帝《こうてい》となるのである。

皇帝《こうてい》となったナポレオンの見《み》つめる先《さき》は、もはやフランスだけでなく、ヨーロッパ全体《ぜんたい》になっていた。ヨーロッパ全体《ぜんたい》を支配《しはい》、統治《とうち》しようとしたのだ。それがヨーロッパの平和《へいわ》への近道《ちかみち》だと思《おも》ったのだろうか。

ナポレオンは周辺各国《しゅうへんかっこく》へ進軍《しんぐん》をつづけた。その最盛期《さいせいき》には、イタリア、スペイン、ドイツ、ポーランドにまでフランスの支配《しはい》はおよんだ。

しかし、すべてを武力《ぶりょく》によって解決《かいけつ》しようとするナポレオンには、それだけ敵《てき》も多《おお》かった。やがてナポレオンのロシア遠征《えんせい》の失敗《しっぱい》で、フランス軍《ぐん》が大打撃《だいだげき》をうけたのを機《き》に、国内外《こくないがい》の反《はん》ナポレオン勢力《せいりょく》は反撃《はんげき》に転《てん》じた。

そうしてついにナポレオンは敗《やぶ》れ、一八一四年《ねん》、皇帝《こうてい》の座《ざ》からひきずりおろされることになる。

とらわれたナポレオンが人生《じんせい》の最後《さいご》をすごしたのは、島《しま》ながしになった南大《みなみたい》西洋《せいよう》のセント・ヘレナという小《ちい》さな島《しま》だった。この洋上《ようじょう》の孤島《ことう》で、最期《さいご》は胃《い》の病気《びょうき》で死《し》んだとつたえられている。

「わがはいの辞書《じしょ》に不可能《ふかのう》という文字《もじ》はない。」

英雄《えいゆう》といって真《ま》っ先《さき》に名《な》のあがるのはナポレオンだろう。彼《かれ》の有名《ゆうめい》なこのセリフからも、そのカリスマ性《せい》が感《かん》じとれる。

その天才的《てんさいてき》なひらめき、行動力《こうどうりょく》、そして信念《しんねん》の強《つよ》さ。いまでもフランスの人々《ひとびと》にとってナポレオンは、権力《けんりょく》に立《た》ちむかい、うちやぶった、頼《たよ》れるリーダーであり、自由《じゆう》と平和《へいわ》のために戦《たたか》う姿勢《しせい》を象徴《しょうちょう》する英雄《えいゆう》なのである。

ナポレオンはみだしコラム

ロゼッタ・ストーン

1799年《ねん》、ナポレオン軍《ぐん》がエジプトへ遠征《えんせい》したとき、ロゼッタという村《むら》で、表面《ひょうめん》にびっしりと文字《もじ》が彫《ほ》りこまれた記念碑《きねんひ》のような石《いし》を発見《はっけん》したんだ。石《いし》には、古代《こだい》エジプトの神聖文字《しんせいもじ》（ヒエログリフ）と民衆文字《みんしゅうもじ》、ギリシア文字《もじ》の３種類《しゅるい》が書《か》かれてあった。３つの文字《もじ》はおなじ内容《ないよう》のようだった。ナポレオン軍《ぐん》にはたくさんの学者《がくしゃ》がいたんだけど、古代《こだい》エジプトの文字《もじ》は、読《よ》める人《ひと》なんていなかったんだね。

この石《いし》はロゼッタ・ストーンとよばれ、多《おお》くの学《がく》者《しゃ》が、この石《いし》を手《て》がかりに、古代《こだい》の文字《もじ》の解読《かいどく》に挑《ちょう》戦《せん》した。そして発見《はっけん》から20年後《ねんご》、フランスの学者《がくしゃ》シャンポリオンによって、ついに古代《こだい》エジプト文字《もじ》は解《と》きあかされたんだ。

ロゼッタ・ストーンの古代《こだい》エジプト神聖文字《しんせいもじ》（象形文字《しょうけいもじ》）の一部分《いちぶぶん》

齋藤孝の
偉人《いじん》
かいせつ

ナポレオン

なにしろナポレオンは頭《あたま》がよかった！　彼《かれ》はどんなときでも、いつも考《かんが》えていて、決定《けってい》するのがはやかった。あるきながらつぎつぎと命令《めいれい》をくだすので、大臣《だいじん》たちもじっとすわってられず、ナポレオンのあとをみんなぞろぞろついてあるいていたそうだ。

そんなナポレオンが指導者《しどうしゃ》の理想《りそう》としていたのが、古代《こだい》ローマのカエサルだ。ナポレオンもたんなる将軍《しょうぐん》ではなく、政治家《せいじか》として、法律《ほうりつ》をつくったり、学校《がっこう》をたてたり、社会制度《しゃかいせいど》をととのえたりと、いまのフランス国《こく》のおおもとをきずいた人《ひと》なんだよ。

皇帝《こうてい》となったナポレオンは、ヨーロッパに進攻《しんこう》して「市民《しみん》による自由《じゆう》と平等《びょうどう》」という考《かんが》えかたを、ほかの国々《くにぐに》に広《ひろ》めようとしたんだ。それまでのヨーロッパの国々《くにぐに》は、貴族中心《きぞくちゅうしん》の世《よ》のなかだったからね。

最後《さいご》はとらえられてしまうけれど、ナポレオンは世界《せかい》の歴史《れきし》を大《おお》きくかえた人物《じんぶつ》といえるね。

神《かみ》の声《こえ》をきき、フランスの危機《きき》をすくった少女《しょうじょ》

ジャンヌ・ダルク

ジャンヌ・ダルク（1412 ～ 1431 年）
百年戦争の終わりごろあらわれ、敗戦寸前だった
フランス軍の先頭にたって戦った英雄。
国内を占領していたイギリス軍をフランスから
追いだし、国をすくった聖女とされている。

十五世紀《せいき》のはじめ、フランスとイギリスは、のちに「百年戦争《ひゃくねんせんそう》」とよばれる長《なが》い戦《たたか》いをつづけていた。亡《な》くなったフランス国王《こくおう》シャルル四世《せい》の跡《あと》つぎに、イギリスの国王《こくおう》が名《な》のりをあげたため、フランスとイギリスとのあいだで戦争《せんそう》がはじまったのだ。

イギリスからケンカを売《う》られた形《かたち》のフランスだったが、その旗色《はたいろ》は悪《わる》かった。イギリス軍《ぐん》は海《うみ》をわたって攻《せ》めこみ、フランスの領土《りょうど》はつぎつぎとイギリスにうばわれていった。

「フランス東部《とうぶ》の大貴族《だいきぞく》ブルゴーニュ公爵《こうしゃく》が、イギリス側《がわ》と手《て》を組《く》んだぞ。」

「長《なが》いものにはまかれろ……か。公爵《こうしゃく》もわが身《み》が大切《たいせつ》ということだな。」

「しかし、これでフランスはいよいよおいつめられたな。」

そしてついにフランスの首都《しゅと》パリは、イギリス軍《ぐん》に占領《せんりょう》されてしまう。

イギリスは、手《て》を組《く》んだブルゴーニュ公《こう》との関係《かんけい》を利用《りよう》して、ヘンリー六世《せい》をフランス王《おう》にまつりあげた。いっぽうで、フランス王家《おうけ》のながれをくむ皇太《こうたい》子《し》シャルル七世《せい》は、ほんらいならフランスの王《おう》になるべき人物《じんぶつ》である。

フランスは、国王《こくおう》がふたりいるおかしな事態《じたい》になってしまった。


そのころ、戦火《せんか》のおよんでいない田舎町《いなかまち》ドムレミー村《むら》で、ひとつの奇跡《きせき》がおきようとしていた。


「ジャンヌ……ジャンヌ……。」

村《むら》にすむ少女《しょうじょ》ジャンヌ・ダルクは、ある日《ひ》、村《むら》のはずれにある森《もり》の中《なか》で、不《ふ》思議《しぎ》な声《こえ》をきいた。

「……？　だれ？　どこにいるの？」

「……神《かみ》の子《こ》ジャンヌよ。聖《せい》なる戦士《せんし》ジャンヌよ……。」

「……聖《せい》なる戦士《せんし》？　わたしのこと？」

「そなたは母国《ぼこく》フランスをすくうのだ。そなたはえらばれし神《かみ》の子《こ》なのだ……。」

空《そら》を見《み》あげたジャンヌは、光《ひかり》の中《なか》に、すきとおるような天使《てんし》の姿《すがた》を見《み》た。

「……‼」

「……ジャンヌよ。そなたはこの村《むら》を発《た》つのだ。フランスをすくうために……。」

一四二五年《ねん》、ジャンヌ・ダルクが十三歳《さい》のときのことだった。

信心深《しんじんぶか》いジャンヌではあったが、すぐには旅《たび》だてるはずがなかった。非力《ひりき》な少女《しょうじょ》である自分《じぶん》が、戦士《せんし》として戦地《せんち》へいくことには疑問《ぎもん》があった。そして彼女《かのじょ》の両親《りょうしん》も、娘《むすめ》の戦場《せんじょう》ゆきに賛成《さんせい》できるはずがなかった。

しかし、神《かみ》の声《こえ》は毎日《まいにち》のように、ジャンヌの耳《みみ》にとどいた。

そして十七歳《さい》になったジャンヌは、ついに決心《けっしん》する。

「お父《とう》さん、お母《かあ》さん、ごめんなさい。でも、わたしは出発《しゅっぱつ》します。それが神《かみ》の意志《いし》なのです。おふたりに神《かみ》のご加護《かご》を……お元気《げんき》で……。」

ジャンヌは泣《な》きながら両親《りょうしん》にわかれをつげ、戦地《せんち》へと旅《たび》だった。


そのとき、パリをイギリス軍《ぐん》に占領《せんりょう》されたフランスの皇太子《こうたいし》シャルル七世《せい》は、シノンという町《まち》におわれ、くらしていた。

そしてイギリス軍《ぐん》とフランス軍《ぐん》は、パリとシノンの中間地点《ちゅうかんちてん》にあるオルレアン城《じょう》で、最終決戦《さいしゅうけっせん》ともいえる戦《たたか》いをくりひろげていた。

「まずは皇太子《こうたいし》さまにお会《あ》いして、戦場《せんじょう》へでるゆるしをいただかなければ。」

ジャンヌは皇太子《こうたいし》に会《あ》うために、シノンをまもる守備隊《しゅびたい》が陣《じん》どるとなり町《まち》をたずねた。

「わたしは神《かみ》の意志《いし》により、フランスをすくうためにきました。オルレアンへいき、戦《たたか》いたいのです。皇太子《こうたいし》さまのところへつれていってください。」

守備隊長《しゅびたいちょう》の前《まえ》に立《た》ったジャンヌは、落《お》ちついた声《こえ》でいった。

「なんだって？　どこの馬《うま》の骨《ほね》かわからないような娘《むすめ》に、皇太子《こうたいし》さまがお会《あ》いになると思《おも》ってるのか？　さあ、かえった、かえった！　仕事《しごと》のじゃまだ。」

守備隊長《しゅびたいちょう》のこたえは、そっけないものだった。

しかし、神《かみ》のつかいを自覚《じかく》しているジャンヌである。つぎの日《ひ》も、またつぎの日《ひ》も、おねがいにかよいつめた。

彼女《かのじょ》の話《はなし》をきいた町《まち》の人《ひと》たちも、ジャンヌに力《ちから》を貸《か》した。

「神《かみ》のお告《つ》げで、わざわざドムレミーから出《で》てきたんだと。」

「無視《むし》したら、バチがあたるってもんだ。」

「迷《まよ》いのないきれいな目《め》をしているよ。信《しん》じてみようじゃないか。」

「皇太子《こうたいし》さまに失礼《しつれい》のないように、服《ふく》や馬《うま》はおれたちが用意《ようい》してやるからさ。」

町《まち》の人々《ひとびと》は守備隊長《しゅびたいちょう》にかけあって、ついに首《くび》を縦《たて》にふらせた。

こうしてジャンヌは、みんなの用意《ようい》してくれた服《ふく》を着《き》て、馬《うま》にまたがり、従者《じゅうしゃ》をしたがえて、シノンの皇太子《こうたいし》のもとへむかった。

すでにシノンの町《まち》でも、ジャンヌのうわさはひろまっていた。

「おいきたぞ！　あの娘《むすめ》だ。小《ちい》さな体《からだ》なのに従者《じゅうしゃ》をつれて、りっぱなもんだ。」

「皇太子《こうたいし》にお会《あ》いするっていうのに、落《お》ちついたもんじゃないか。」

「ジャンヌ・ダルクか……本当《ほんとう》にフランスの救世主《きゅうせいしゅ》なのかもしれない！」

シノンの人々《ひとびと》も、未来《みらい》のヒロインに熱《あつ》い期待《きたい》をよせ、歓迎《かんげい》した。

やがてジャンヌは皇太子《こうたいし》のまつ部屋《へや》へとおされた。

部屋《へや》にはいったジャンヌは、正面《しょうめん》にすわる堂々《どうどう》とした男《おとこ》の姿《すがた》を見《み》た。両脇《りょうわき》に立《た》ちならぶ多《おお》くの家来《けらい》にまもられている。男《おとこ》が語《かた》りかけてきた。

「そなたか。神《かみ》のお告《つ》げをきいたジャンヌ・ダルクというものは？」

ところが、ジャンヌはなにもこたえなかった。

「皇太子殿下《こうたいしでんか》のお声《こえ》がきこえぬのか！　無礼者《ぶれいもの》！」

家臣《かしん》のひとりが強《つよ》い口調《くちょう》で注意《ちゅうい》した。

しかしジャンヌは、すこしもひるまず、さっとあたりを見《み》わたすと、横《よこ》に立《た》ちならぶ家来《けらい》のひとりの前《まえ》へとすすみ、うやうやしくひざまずいた。

「お会《あ》いできてうれしゅうございます。皇太子《こうたいし》さま。」

「‼」

皇太子《こうたいし》をはじめ、そこにいるもの全員《ぜんいん》が度肝《どぎも》をぬかれた。ジャンヌのことをうたがわしいと思《おも》った彼《かれ》らは、皇太子《こうたいし》のにせ者《もの》をジャンヌに会《あ》わせてみようとたくらんでいたのだった。

ジャンヌはつづけた。

「神《かみ》はおっしゃいました。まことのフランス王《おう》はあなたさまであるべきだと。そしてフランスは、ほかのどの国《くに》のものでもないと！」

「ジャンヌ・ダルクどの……。」

皇太子《こうたいし》シャルル七世《せい》は頭《あたま》をさげた。

「身代《みが》わりなど……どうかご無礼《ぶれい》をおゆるしいただきたい。それにしても、どうしてわたしが皇太子《こうたいし》だとおわかりになったのか？」

「どうして？　というより、わかってしまったのです。」

「なんと！　……神《かみ》のつかい……まさに、神《かみ》につかわされたかたのようだ。」

皇太子《こうたいし》は姿勢《しせい》を正《ただ》し、あらためてジャンヌに敬意《けいい》をあらわした。

「ジャンヌ・ダルクどの、どうかオルレアンへ。わが軍隊《ぐんたい》をひきいて、フランスを勝利《しょうり》にみちびいてください。」

「ありがとうございます。わたしはそのためにここへきたのです。」

皇太子《こうたいし》はジャンヌに、特別製《とくべつせい》の白《しろ》い鎧《よろい》をあたえた。


ジャンヌは、イギリス軍《ぐん》にうばわれたオルレアン城《じょう》をめざして進撃《しんげき》した。

皇太子《こうたいし》のにせ者《もの》を見《み》やぶったように、ジャンヌには神《かみ》がかりともいえるような不思議《ふしぎ》な力《ちから》があった。戦場《せんじょう》でもそれは発揮《はっき》された。

「どうした！　なぜフランス軍《ぐん》が城内《じょうない》にはいってきたのだ！」

「それがわからないんです！　守備隊《しゅびたい》がみんな、こおったようにうごけなくなったとかで……。」

「おい、おかしいぞ！　わが軍《ぐん》のうつ矢《や》はみんな風《かぜ》であおられてしまう！」

「あの白《しろ》い鎧《よろい》があらわれてからだ！　おかしくなったのは。」

「白《しろ》い鎧《よろい》はどうやら少女《しょうじょ》らしいぞ！　神《かみ》の使者《ししゃ》という話《はなし》だ！」

軍《ぐん》をひきいる十七歳《さい》の少女《しょうじょ》は、すぐに戦場《せんじょう》の話題《わだい》となった。フランス王家《おうけ》の紋章旗《もんしょうき》をふる勇敢《ゆうかん》なその姿《すがた》に、イギリス軍《ぐん》はおじけづき、フランス軍《ぐん》は勇気《ゆうき》づけられた。

そして気《き》がつけば、オルレアン城《じょう》から、イギリス軍《ぐん》の姿《すがた》はなくなっていた。

「我々《われわれ》の勝利《しょうり》だ！　フランスの勝利《しょうり》だ！」

このオルレアンの戦《たたか》いが、百年戦争《ひゃくねんせんそう》において、フランスがイギリスに勝《か》った最初《さいしょ》の戦《たたか》いとなり、歴史《れきし》のうえでも、ひとつの転機《てんき》となる戦《たたか》いとなった。

ジャンヌ・ダルクひきいるフランス軍《ぐん》は、そのあとも追撃《ついげき》をつづけた。

「我々《われわれ》にはジャンヌさまがついている。神は我々に味方をしているんだぞ！」

フランス軍《ぐん》の勢《いきお》いはとどまるところを知《し》らず、イギリス軍《ぐん》はつぎつぎとフランス国内《こくない》からおいかえされることになった。

そして一四二九年《ねん》、シャルル七世《せい》の戴冠式《たいかんしき》がおこなわれ、フランス国王《こくおう》として正式《せいしき》にみとめられることになる。

「フランスは、フランスの手《て》に！」

ジャンヌ・ダルクがよく口《くち》にしたこの言葉《ことば》が実現《じつげん》し、フランスがその名誉《めいよ》をとりもどした瞬間《しゅんかん》であった。

ジャンヌ・ダルクは、そのあとも戦士《せんし》として戦《たたか》いつづけたが、あるときイギリス軍《ぐん》につかまってしまう。そして一四三一年《ねん》、イギリスで裁判《さいばん》にかけられ、魔女《まじょ》として死刑《しけい》の判決《はんけつ》をうけて、短《みじか》い生涯《しょうがい》をとじてしまうのである。

ジャンヌ・ダルクが、本当《ほんとう》に神《かみ》にみちびかれたのかどうかはわからない。しかし、彼女《かのじょ》がフランスをすくい、大《おお》きく歴史《れきし》をかえたことはまちがいない。ジャンヌ・ダルクは国《くに》の名誉《めいよ》と平和《へいわ》をとりもどした英雄《えいゆう》として、フランスの人々《ひとびと》の記憶《きおく》に永遠《えいえん》にのこる存在《そんざい》なのである。

一四五六年《ねん》には、彼女《かのじょ》の名誉回復《めいよかいふく》のための裁判《さいばん》が、あらためておこなわれた。そしてその結果《けっか》、ジャンヌ・ダルクは魔女《まじょ》ではないとされた。そしてさらに一九二〇年《ねん》には、ローマ法王《ほうおう》から聖女《せいじょ》の称号《しょうごう》があたえられるのである。

ジャンヌ・ダルクはみだしコラム

魔女狩《まじょが》り

魔女狩《まじょが》りは15世紀《せいき》から17世紀《せいき》を中心《ちゅうしん》に、欧米《おうべい》でおこなわれていた。身《み》のまわりでおきるよくないできごとなどを、魔女《まじょ》のしわざだと考《かんが》え、身近《みぢか》にひそんでいる魔女《まじょ》をさがしだして処刑《しょけい》しようとしたんだ。

そして魔女《まじょ》とされるのは、たいていは気《き》にいらない発言《はつげん》をした人《ひと》や、お年寄《としよ》りなどの立場《たちば》の弱《よわ》い人《ひと》だった。一度《いちど》でも魔女《まじょ》のうたがいをかけられると、本人《ほんにん》が魔女《まじょ》だとみとめるまで、ごうもんされたということだよ。そして魔女《まじょ》だと決定《けってい》されると、ジャンヌ・ダルクのように火《ひ》あぶりにされたそうだ。なんともざんこくな話《はなし》だね。

そのころのヨーロッパやアメリカでは、カトリックとプロテスタントという、考《かんが》えかたのちがうキリスト教《きょう》のふたつの宗派《しゅうは》がぶつかりあっていた。また、戦争《せんそう》や病気《びょうき》の流行《りゅうこう》もあって、人々《ひとびと》が不安《ふあん》の中《なか》でくらしていた時期《じき》だ。そんな不安定《ふあんてい》な時代《じだい》が、人々《ひとびと》を魔女狩《まじょが》りへとかりたてたんだろうね。もちろんいまは、魔女狩《まじょが》りなどおこなわれていないよ。

齋藤孝の
偉人《いじん》
かいせつ

ジャンヌ・ダルク

　サッカーなどのスポーツでは、勝《か》っているときは元気《げんき》がよくて、負《ま》けているときは元気《げんき》がないことが多《おお》いよね。でもじつは負《ま》けているときこそ元気《げんき》じゃないと、逆転《ぎゃくてん》できない。そんなときに元気《げんき》で、気力《きりょく》に火《ひ》をつけられるような人《ひと》ってすごいなあ。その人《ひと》の言葉《ことば》で空気《くうき》がかわって、大逆転《だいぎゃくてん》につながっていくんだね。ジャンヌも、フランスがピンチのときに、みんなを勇気《ゆうき》づけて、未来《みらい》をかえたんだ。すごいね！

　それから、ジャンヌのように、「自分《じぶん》にはこれができる。」という直感《ちょっかん》も大事《だいじ》なんじゃないかな。どんな分野《ぶんや》でも、一流《いちりゅう》となった人《ひと》は、「ああ、これだ！」と思《おも》ったことがあるものなんだ。それをやりつづけて、成功《せいこう》するんだね。

　みんなも、たとえばいま習《なら》っているピアノが苦手《にがて》でも、ギターをさわったときに、「これだ！」と思《おも》うかもしれない。だから、いろんなものをさわって、いろんなことに出会《であ》って、自分《じぶん》の「これだ！」を見《み》つけよう！

貧《まず》しい人々《ひとびと》をすくうため、スラムにとびこんだ聖女《せいじょ》

マザー・テレサ

マザー・テレサ（1910 ～ 1997 年）
カトリックの修道女。旧ユーゴスラビア出身。
インドで、貧しい人々をすくう奉仕活動をはじめる。
「神の愛の宣教者会」を立ちあげ、活動を世界にひろげた。
1979 年にノーベル平和賞を受賞。

インドの都市《とし》コルカタ（カルカッタ）にあるロレット修道院《しゅうどういん》。その中《なか》にある聖《せい》マリア女学校《じょがっこう》に、ひとりの修道女《しゅうどうじょ》がいた。修道名《しゅうどうめい》はテレサ。

旧《きゅう》ユーゴスラビアで生《う》まれたテレサは、本名《ほんみょう》をアグネス・ゴンジャという。信心深《しんじんぶか》い母親《ははおや》にそだてられた彼女《かのじょ》は、貧《まず》しい人《ひと》たちの力《ちから》になりたいと、十八歳《さい》のとき、きびしい修道女《しゅうどうじょ》の道《みち》をえらんだのである。

修道女《しゅうどうじょ》は、清貧《せいひん》（自分《じぶん》のものはなにひとつもたないこと）、貞潔《ていけつ》（心《こころ》も体《からだ》もけがれなく清《きよ》らかであること）、服従《ふくじゅう》（神《かみ》の教《おし》えにすなおにしたがうこと）の三つの誓《ちか》いをたて、一生《いっしょう》を神《かみ》さまにささげている。ひとたび修道女《しゅうどうじょ》になれば、結婚《けっこん》はできず、家族《かぞく》とも会《あ》うことができない。十八歳《さい》で修道女《しゅうどうじょ》になり、二十歳《さい》でインドへやってきたテレサもそうである。

だれにもやさしく献身的《けんしんてき》なテレサは、修道院《しゅうどういん》の人々《ひとびと》や生徒《せいと》たちからもしたわれ、やがて聖《せい》マリア女学校《じょがっこう》の校長《こうちょう》になる。

修道女《しゅうどうじょ》のきまりはきびしく、修道院《しゅうどういん》の外《そと》にでることさえゆるされていなかったが、校長《こうちょう》には、修道院《しゅうどういん》の外《そと》にあるほかの学校《がっこう》へ教《おし》えにいく仕事《しごと》があった。ところがそのために、テレサは修道院《しゅうどういん》のそばにあるスラム街《がい》のひどさを目《ま》のあたりにすることになる。

「おめぐみを……。なにか食《た》べものを……。」

「痛《いた》いよう、痛《いた》いよう……たすけて……。」

スラムでは食《た》べるものもなく、病気《びょうき》に苦《くる》しんでいるたくさんの人《ひと》たちが、道《みち》ばたでくらしている。たくさんの人《ひと》が、テレサにたすけをもとめてきた。しかし、お金《かね》もなにももたないテレサにはどうすることもできなかった。

「ごめんなさい、たいへんだね。ごめんなさい……。」

涙《なみだ》をながしながらテレサは彼《かれ》らにこたえるしかなかった。

当時《とうじ》のインドは、イギリス支配《しはい》からの独立運動《どくりつうんどう》や、ヒンズー教徒《きょうと》とイスラム教徒《きょうと》との争《あらそ》いの影響《えいきょう》などによって、社会《しゃかい》が混乱《こんらん》していた。そのため、このスラム街《がい》には、数多《かずおお》くのくらしにこまった人々《ひとびと》があつまっていたのだ。

「聖《せい》マリア女学校《じょがっこう》にかよう生徒《せいと》は、めぐまれた子《こ》どもたちなのだ。わたしをもっとも必要《ひつよう》としているのは、修道院《しゅうどういん》の外《そと》にいる人《ひと》たち……。」

修道院《しゅうどういん》へのかえり道《みち》、テレサは考《かんが》えた。

「でも修道女《しゅうどうじょ》のわたしには、かってなことはできない……。」

そのときテレサは気《き》がついた。神《かみ》がテレサになにを望《のぞ》んでいるのか、心《こころ》に強《つよ》く感《かん》じた瞬間《しゅんかん》だった。

「それなら、わたしがそこへいけるようにすればいいだけのこと。修道院《しゅうどういん》をでよう。貧《まず》しい彼《かれ》らのもとで、彼《かれ》らにつかえるために！」

修道院《しゅうどういん》へもどったテレサは、神父《しんぷ》におねがいをした。そして二年後《ねんご》、カトリックでもっとも位《くらい》の高《たか》い僧侶《そうりょ》であるローマ法王《ほうおう》のゆるしがもらえ、テレサは修道院《しゅうどういん》の外《そと》で活動《かつどう》をはじめるのである。三十八歳《さい》のときだった。

テレサは修道院《しゅうどういん》の服《ふく》をぬぎ、質素《しっそ》な、インドの民族衣装《みんぞくいしょう》サリーを身《み》にまとった。左肩《ひだりかた》には十字架《じゅうじか》をさげている。

「シスター・テレサ！　やはりゆかれるのですね。」

「ええ。貧《まず》しい人《ひと》の中《なか》でいっしょにくらさなければ、彼《かれ》らのことを本当《ほんとう》に理解《りかい》し、そしてたすけてあげられないと思《おも》うのです。」

「先生《せんせい》！」

「テレサ先生《せんせい》！」

「みなさん、ありがとう。あなたたちのことをわすれることはありません。自《じ》分《ぶん》のすすむ道《みち》を見《み》つけ、あゆんでください。神《かみ》はいつも見《み》まもっていますよ。」

「シスター・テレサに神《かみ》のご加護《かご》を……。」

修道院《しゅうどういん》をあとにしたテレサは、まず医療宣教修道会《いりょうせんきょうしゅうどうかい》をたずねた。いわばカトリック教会《きょうかい》の病院《びょういん》である。ここで病気《びょうき》の治療法《ちりょうほう》などを身《み》につけておこうとしたのだ。病院《びょういん》の修道女《しゅうどうじょ》たちは、熱心《ねっしん》なテレサに感動《かんどう》し、喜《よろこ》んでテレサに医療《いりょう》の知《ち》識《しき》や技術《ぎじゅつ》を教《おし》えてくれた。テレサも熱心《ねっしん》に勉強《べんきょう》し、短期間《たんきかん》でぐんぐんと看護《かんご》の力《ちから》をつけていった。

こうして四か月《げつ》の訓練《くんれん》のあと、テレサはスラムにはいっていった。手元《てもと》にはわずかな小銭《こぜに》をもっているだけだった。

「これは『手《て》』、これは『足《あし》』って読《よ》むのよ。」

テレサは地面《じめん》に字《じ》を書《か》いて、子《こ》どもたちに字《じ》や計算《けいさん》を教《おし》えはじめた。学校《がっこう》にいけない子《こ》どもたちは喜《よろこ》び、熱心《ねっしん》にテレサの授業《じゅぎょう》をうけた。

「ぼくらに字《じ》を教《おし》えてくれる人《ひと》がいるんだよ！」

すぐにうわさはひろまり、日《ひ》に日《ひ》に子《こ》どもの数《かず》はふえ、数日後《すうじつご》には青空学校《あおぞらがっこう》のようになっていった。

そして学校《がっこう》がおわると、テレサはスラムをあるいて、病気《びょうき》の人《ひと》などを手当《てあ》してまわった。また、お金持《かねも》ちのところへ寄付《きふ》をおねがいにいったりした。

「これ、ボロだけどつかってください。」

「おれ、今日《きょう》はひまなんだけど、なにか手《て》つだえないかな？」

やがて、テレサの献身的《けんしんてき》な活動《かつどう》の話《はなし》をきいた人々《ひとびと》が、自分《じぶん》も協力《きょうりょく》したいとつぎつぎとやってくるようになる。

「先生《せんせい》！　テレサ先生《せんせい》！」

聖《せい》マリア女学校《じょがっこう》の教《おし》え子《ご》たちも手《て》つだいにきてくれた。彼女《かのじょ》たちは、家《いえ》から紙《かみ》やせっけんなどをおみやげにもってきてくれた。

そして教《おし》え子《ご》のひとり、スバシニは、みずからも修道女《しゅうどうじょ》となった。スラムで生活《せいかつ》しながらテレサの手《て》つだいがしたいとやってきたのだ。裕福《ゆうふく》な家庭《かてい》をすててまで。

スバシニのあとも、テレサを手《て》つだいたいという教《おし》え子《ご》たちが数人《すうにん》あつまり、テレサはあることを思《おも》いつく。

「わたしたちのこのあつまりを、『神《かみ》の愛《あい》の宣教者会《せんきょうしゃかい》』とよびましょう。貧《まず》しい人《ひと》たちのためにはたらく新《あたら》しい修道会《しゅうどうかい》です。」

「神《かみ》の愛《あい》の宣教者会《せんきょうしゃかい》」の修道女《しゅうどうじょ》は、清貧《せいひん》、貞潔《ていけつ》、服従《ふくじゅう》の三つの誓《ちか》いのほかに、もうひとつの誓《ちか》いが特別《とくべつ》にさだめられた。それは、「貧《まず》しい人《ひと》のためになんの報酬《ほうしゅう》もなく心《こころ》からつかえる」という誓《ちか》いだった。

「神《かみ》の愛《あい》の宣教者会《せんきょうしゃかい》」は一九五〇年《ねん》、ローマ法王《ほうおう》から正式《せいしき》にみとめられ、それ以来《いらい》、創立者《そうりつしゃ》であるテレサは「マザー・テレサ」とよばれるようになる。

マザー・テレサは、もちまえの行動力《こうどうりょく》と、型《かた》にはまらない発想《はっそう》で、貧《まず》しい人《ひと》や病気《びょうき》の人《ひと》をたすける方法《ほうほう》をつぎつぎと実行《じっこう》する。

路上《ろじょう》ではなく、せめて家《いえ》の中《なか》でやすらかな死《し》をむかえさせようとつくった

「死《し》をまつ人《ひと》の家《いえ》」や、親《おや》のない子《こ》をそだてる「孤児《こじ》の家《いえ》」のほか、余裕《よゆう》のある人《ひと》に養育費《よういくひ》をだしてもらったり、孤児《こじ》の親《おや》になってもらう里親制度《さとおやせいど》もマザー・テレサのアイデアだ。また、病気《びょうき》を正《ただ》しく理解《りかい》されず、社会《しゃかい》からしいたげられていたハンセン病患者《びょうかんじゃ》のための療養施設《りょうようしせつ》「平和《へいわ》の村《むら》」をつくった。

一九七九年《ねん》、マザー・テレサはノーベル平和賞《へいわしょう》を受賞《じゅしょう》する。

「わたしはこのような名誉《めいよ》ある賞《しょう》をいただくのにふさわしくはありません。しかし、世界中《せかいじゅう》のもっとも貧《まず》しい人々《ひとびと》にかわって、この賞《しょう》をおうけいたします。」

授賞式《じゅしょうしき》でそういったマザー・テレサは、その日《ひ》にひらかれるはずの祝賀会《しゅくがかい》はおこなわず、その会《かい》に用意《ようい》されていた予算《よさん》と、自分《じぶん》が受賞《じゅしょう》した賞金《しょうきん》のすべてを貧《まず》しい人《ひと》たちのためにつかった。

この授賞式《じゅしょうしき》で、あるインタビュアーが彼女《かのじょ》にたずねた。

「世界平和《せかいへいわ》のために、わたしたちができることはなんでしょうか？」

マザー・テレサはこたえた。

「家《いえ》にかえったら、家族《かぞく》を大切《たいせつ》にしてください。」

「神《かみ》の愛《あい》の宣教者会《せんきょうしゃかい》」は、いまや日本《にっぽん》をふくめ、全世界《ぜんせかい》に施設《しせつ》をもつほどひろがって、貧《まず》しい人《ひと》たちの救済《きゅうさい》をつづけている。

「大切《たいせつ》なのは、偉大《いだい》なことをしたとか、たくさんのことをしたとかではなく、どれだけ心《こころ》をこめたかということなのです。」

一九九七年《ねん》、マザー・テレサはこの世《よ》をさった。しかし彼女《かのじょ》ののこした言動《げんどう》は、宗教《しゅうきょう》をこえ、世界中《せかいじゅう》の人々《ひとびと》の心《こころ》に愛《あい》の輪《わ》をひろげつづけているのである。

ものしり偉人伝

人《ひと》だすけに生《い》きた医者《いしゃ》「シュバイツァー」

マザー・テレサとおなじように、貧《まず》しい人々《ひとびと》をすくうために力《ちから》をつくした人《ひと》だ。

牧師《ぼくし》の家《いえ》に生《う》まれたシュバイツァーは、21歳《さい》のとき、アフリカには病気《びょうき》で苦《くる》しんでいる人《ひと》がたくさんいることを知《し》って、彼《かれ》らをたすけたいと思《おも》ったんだ。「30歳《さい》までは学問《がくもん》と芸術《げいじゅつ》にとりくんで、それから先《さき》はめぐまれない人々《ひとびと》のためにつくそう。」そう決心《けっしん》したシュバイツァーは、30歳《さい》までは神学《しんがく》を研《けん》究《きゅう》し、オルガン演奏《えんそう》の腕《うで》をみがいた。そして30歳《さい》になると医者《いしゃ》になる勉強《べんきょう》をはじめ、やがて一人前《いちにんまえ》の医者《いしゃ》として、奥《おく》さんといっしょにアフリカにわたったんだ。

当時《とうじ》のアフリカでは、マラリアやせきりといったこわい病気《びょうき》がはやっていた。シュバイツァーは病院《びょういん》をたてて、現地《げんち》の人《ひと》たちの治療《ちりょう》にとりくんだんだ。そしてお金《かね》がなくなると、ヨーロッパへもどり、オルガンの演奏会《えんそうかい》や、講演会《こうえんかい》をひらいて資金《しきん》をつくった。1952年《ねん》に受賞《じゅしょう》したノーベル平和賞《へいわしょう》の賞金《しょうきん》も、すべて病院《びょういん》につぎこんだんだよ。

齋藤孝の
偉人《いじん》
かいせつ

マザー・テレサ

マザー・テレサは気持《きも》ちをとても大事《だいじ》にする人《ひと》だった。たとえば寄付《きふ》をうけるときも、旅行者《りょこうしゃ》が手《て》元《もと》にのこったお金《かね》を、「いらないから。」と手《て》わたそうとしても、「それはいりません。」というんだね。「あなたにとっていらないものは、いりません。痛《いた》みをともなう、自分《じぶん》の大切《たいせつ》なものをいただきたい。それが愛《あい》なんです。」といったんだ。

また、すごい行動力《こうどうりょく》がある人《ひと》だった。たとえば飛《ひ》行機《こうき》の機内食《きないしょく》が、いつも大量《たいりょう》に手《て》つかずのまますてられることに目《め》をつけて、それをゆずりうけてつかったりなど、そのアイデアと行動力《こうどうりょく》がすばらしかったんだ。ただ単《たん》にやさしく、いつもいのっているだけの人《ひと》ではなく、大《おお》きく、資金《しきん》のとぼしい施設《しせつ》を運営《うんえい》していく、すご腕《うで》の経営者《けいえいしゃ》としての力《ちから》ももっていたんだよ。

残念《ざんねん》ながらもう亡《な》くなってしまったけど、不思議《ふしぎ》な魅力《みりょく》をもった人《ひと》だったね。テレビにでると、なぜかみんな手《て》をとめて、注目《ちゅうもく》しちゃうんだ。世界中《せかいじゅう》の人《ひと》が見《み》つめる、そんな存在《そんざい》だったんだ。

幼少《ようしょう》のころからあふれる才能《さいのう》を発揮《はっき》した天才音楽家《てんさいおんがくか》

モーツァルト

ウォルフガング・アマデウス・モーツァルト
(1756 〜 1791 年)
オーストリア生まれ。少年時代からヨーロッパ各地を
演奏旅行してまわる。古典派音楽を代表する
大作曲家で、作品は 600 曲以上にもおよぶ。
美しいメロディに、ファンも多い。

ここはオーストリアのザルツブルク。ある音楽家《おんがくか》の家《いえ》で、無邪気《むじゃき》にピアノを弾《ひ》く五歳《さい》の少年《しょうねん》がいた。少年《しょうねん》の名前《なまえ》はウォルフガング・アマデウス・モーツァルト。おさないころからその才能《さいのう》は発揮《はっき》されていた。

「おや？　いま弾《ひ》いているその曲《きょく》はなんだい？　ハイドンでもないし……。」

「えへへ、ぼくがつくったんだよ。かっこいい？」

「えっ？　ウォルフがつくったのかい？　もう一度《いちど》きかせてくれるかな？」

「いいよ！」

小《ちい》さな手《て》が鍵盤《けんばん》の上《うえ》をうごきはじめ、軽《かろ》やかな旋律《せんりつ》がながれる。腕組《うでぐ》みをしてきく父親《ちちおや》。その顔《かお》には、おどろきとほほえみの表情《ひょうじょう》がいりまじっている。

「すごいぞ！」

演奏《えんそう》がおわるやいなや、父親《ちちおや》は大《おお》きな声《こえ》をだした。

「いい曲《きょく》じゃないか！　いつのまに作曲《さっきょく》なんて。お父《とう》さん、びっくりしたよ。」

「ほんと？　じゃあ特別《とくべつ》に、もっといい曲《きょく》きかせてあげる。」

「まだほかにもあるのか！　……あはは！」

生《う》まれてからずっと音楽《おんがく》の中《なか》ですごしてきたモーツァルトにしてみれば、楽《がっ》器《き》の演奏《えんそう》や作曲《さっきょく》など、しぜんな表現《ひょうげん》の方法《ほうほう》だったのかもしれない。

うれしそうにピアノを弾《ひ》く彼《かれ》を横目《よこめ》で見《み》ながら、父親《ちちおや》は思《おも》った。

「やはりこの子《こ》は天才《てんさい》だ。この子《こ》を正《ただ》しくみちびくことは、わたしにあたえられた使命《しめい》なんだ。」

やがて父親《ちちおや》は、モーツァルトと姉《あね》のアンナをつれて、ヨーロッパ各地《かくち》を演奏《えんそう》旅行《りょこう》してまわろうと考《かんが》えた。父親《ちちおや》の勤《つと》め先《さき》であるザルツブルク宮廷楽団《きゅうていがくだん》の大司《だいし》教《きょう》も、モーツァルトの才能《さいのう》を高《たか》くかい、この計画《けいかく》に協力《きょうりょく》をしてくれた。

こうしてモーツァルトは、父《ちち》、姉《あね》とともに、ヨーロッパ中《じゅう》を演奏旅行《えんそうりょこう》してまわることになった。各国《かっこく》の宮廷《きゅうてい》の晩餐会《ばんさんかい》などにまねかれ、国王《こくおう》や貴族《きぞく》の前《まえ》で演《えん》奏《そう》をするのである。

「ブラボー！　すばらしい演奏《えんそう》だ！」

「あんな小《ちい》さな子《こ》どもたちが！　……天才姉弟《てんさいきょうだい》だ！」

モーツァルト姉弟《きょうだい》は各地《かくち》で大《おお》きな拍手《はくしゅ》をうけ、おおいにもてはやされた。とくにおさない弟《おとうと》には、おどろきと賞賛《しょうさん》の声《こえ》があびせられた。

演奏旅行《えんそうりょこう》は数回《すうかい》にわたっておこなわれ、その旅程《りょてい》は、長《なが》いときは三年半《ねんはん》もかかった。つらい旅行《りょこう》だったが、モーツァルトの音楽的《おんがくてき》な才能《さいのう》は、この旅行《りょこう》で鍛《きた》えられみがかれた。各国《かっこく》の音楽《おんがく》のエッセンスを、じかに吸収《きゅうしゅう》できたのである。

やがてモーツァルトはザルツブルクで、父《ちち》とおなじく大司教《だいしきょう》のもとで、宮廷《きゅうてい》音楽家《おんがくか》として音楽《おんがく》を演奏《えんそう》するくらしをはじめた。

ところがこの大司教《だいしきょう》が亡《な》くなり、かわりに新《あたら》しい大司教《だいしきょう》がくると、事態《じたい》は一変《いっぺん》した。新《あたら》しい大司教《だいしきょう》は職務《しょくむ》に忠実《ちゅうじつ》で、厳格《げんかく》な人物《じんぶつ》だった。モーツァルトの音楽活動《おんがくかつどう》にはすこしも協力的《きょうりょくてき》ではなかったのだ。この大司教《だいしきょう》とはどうしても反《そ》りがあわなかったモーツァルトは、宮廷音楽家《きゅうていおんがくか》をやめることにする。

父親《ちちおや》は大反対《だいはんたい》した。

「どうやってくらしていこうというのだ！　きまった収入《しゅうにゅう》もなくなるのに。」

「演奏会《えんそうかい》をひらいたり、ピアノの指導《しどう》をすれば、なんとかなりますよ。」

「教会《きょうかい》や貴族《きぞく》の世話《せわ》にならないなんて……大音楽家《だいおんがくか》でもやっていないぞ！」

「ぼくのやりたいことは、ここじゃできないんです、お父《とう》さん！」

こうして二十五歳《さい》のモーツァルトは、きゅうくつな宮廷音楽家《きゅうていおんがくか》をいやがり、自由《じゆう》をもとめて、いまでいうフリーの音楽家《おんがくか》として活動《かつどう》をはじめた。こうして教会《きょうかい》の手《て》からはなれた、より自由《じゆう》な音楽《おんがく》が、ここからはじまるのである。


モーツァルトは音楽《おんがく》の都《みやこ》ウィーンを活動《かつどう》の場所《ばしょ》にえらんだ。

モーツァルトは明《あか》るく、ひょうきんな性格《せいかく》で、人《ひと》を笑《わら》わせるのがすきだった。彼《かれ》のまわりには人《ひと》がしぜんとあつまった。なにより彼《かれ》の演奏《えんそう》や作曲《さっきょく》の腕前《うでまえ》はたしかなものである。仕事《しごと》は順調《じゅんちょう》にはいりはじめた。

そしてモーツァルトは、二十六歳《さい》で結婚《けっこん》をした。

「コンスタンツェ！　ほら、新《あたら》しい帽子《ぼうし》だよ。気《き》にいってくれるかな？」

「ああ、いつもありがとう！　愛《あい》してるわ。」
ふたりは愛《あい》しあい、幸《しあわ》せな日々《ひび》をおくるが、その生活《せいかつ》は苦《くる》しかった。なぜならモーツァルトは、まとまった収入《しゅうにゅう》があると、ぱっとつかってしまったり、だれかに気前《きまえ》よくあげたりしたのだ。物事《ものごと》に無頓着《むとんちゃく》な性格《せいかく》だったので、仕事《しごと》の契約《けいやく》もいいかげんで、ただばたらき同然《どうぜん》の仕事《しごと》もひきうけていた。おおらかな性格《せいかく》の妻《つま》のコンスタンツェも、お金《かね》のつかいかたを気《き》にすることなどなく、ふたりは幸《しあわ》せながら、その生活《せいかつ》が楽《らく》になることはなかった。

オペラ『フィガロの結婚《けっこん》』の成功《せいこう》などにより、その名声《めいせい》が高《たか》くなるにもかかわらず、モーツァルトの生活《せいかつ》は苦《くる》しかった。くわえて妻《つま》のコンスタンツェは病《びょう》気《き》がちで、モーツァルトは借金《しゃっきん》をたのんでまわるのが日課《にっか》になっていた。

そして新作《しんさく》オペラ『魔笛《まてき》』の作曲《さっきょく》にとりくんでいたある雨《あめ》の夜《よる》のこと。モーツァルトの家《いえ》の扉《とびら》を、ひとりの男《おとこ》がたたいた。

「こんばんは。モーツァルトさん……。」

「こんばんは。なにかご用《よう》ですか?」

全身《ぜんしん》ねずみ色《いろ》の服《ふく》を着《き》た、気味《きみ》の悪《わる》い男《おとこ》が、暗《くら》がりに立《た》っていた。

「主人《しゅじん》のつかいできたものです。作曲《さっきょく》の仕事《しごと》をおねがいしたいのですが……。」

「それは、ありがとう。ただ、いまは大作《たいさく》にとりくんでいるので……。」

「お金《かね》なら、ご希望《きぼう》の額《がく》だけさしあげます……。」

「えっ!?」

「ただし、主人《しゅじん》の名前《なまえ》はきかないでいただきたい。それが条件《じょうけん》です……。」

おかしな話《はなし》だったが、お金《かね》にこまっていたモーツァルトにとって、この依頼《いらい》

はとても魅力的《みりょくてき》だった。

「なるほど。それで、なにを作曲《さっきょく》すればいいのでしょう？　協奏曲《きょうそうきょく》ですか？」

「レクイエムです……。」

「レクイエム……！」

レクイエムは死《し》んだ人《ひと》をとむらい、冥福《めいふく》をいのるための鎮魂曲《ちんこんきょく》だ。

「……よろしい。ひきうけましょう。」

「では、よろしくおねがいします。……しばらくしたらまたきます。」

しずかにさっていく男《おとこ》の背中《せなか》を見《み》ながら、モーツァルトは寒気《さむけ》がした。

「なんだか死神《しにがみ》のような男《おとこ》だったな……。」

レクイエムの作曲《さっきょく》は、難航《なんこう》した。

このころのモーツァルトは、それまでずっとつづいた貧《まず》しい生活《せいかつ》と、無茶《むちゃ》な仕事《しごと》ぶりがたたって、体調《たいちょう》をかなりわるくしていた。

そして、具合《ぐあい》のすぐれないモーツァルトは、依頼《いらい》されたレクイエムにとりくみながら、しだいに恐怖《きょうふ》を感《かん》じるようになっていった。

「あの男《おとこ》は、死《し》の世界《せかい》からの使者《ししゃ》なのだ……そして、これはわたしのためのレクイエムにちがいない……。」

モーツァルトの体《からだ》は、日《ひ》に日《ひ》に弱《よわ》っていった。

あとになってわかることだが、このレクイエムは、ある伯爵《はくしゃく》が、亡《な》くなった妻《つま》の一周忌《しゅうき》に自分《じぶん》の作曲《さっきょく》といつわって発表《はっぴょう》しようと、ないしょで依頼《いらい》してきたものだった。

しかしモーツァルトがそれを知《し》ることはなかった。体調《たいちょう》の悪化《あっか》したモーツァルトは、ほどなくこの世《よ》をさるのである。三十五歳《さい》という若《わか》さであった。

そして問題《もんだい》のレクイエムは、モーツァルトの遺作《いさく》となる。四分《ぶん》の一ほどが未《み》完《かん》のままのこされたが、遺言《ゆいごん》により、のちに弟子《でし》の手《て》で完成《かんせい》されている。


「天使《てんし》がこの曲《きょく》の中《なか》で歌《うた》っている。」

作曲家《さっきょくか》のシューベルトは、彼《かれ》が愛《あい》してやまないモーツァルトの交響曲第《こうきょうきょくだい》四十番《ばん》をそう語《かた》った。死後《しご》、数百年《すうひゃくねん》がすぎたいまでも、モーツァルトは、熱烈《ねつれつ》な愛《あい》好家《こうか》の多《おお》い作曲家《さっきょくか》の筆頭《ひっとう》である。

「わたしたちの財産《ざいさん》、それは頭《あたま》の中《なか》にあるものなんです。」

人《ひと》を楽《たの》しませることが大《だい》すきだったモーツァルト。彼《かれ》ののこした音楽《おんがく》は、時《じ》代《だい》をこえ、いつの世《よ》も人々《ひとびと》を楽《たの》しませ、魅了《みりょう》しつづけることだろう。

モーツァルトはみだしコラム

神童《しんどう》モーツァルト

モーツァルトには、その神童《しんどう》ぶりを伝《つた》える話《はなし》がいくつもある。そのうちのふたつを紹介《しょうかい》しよう。

モーツァルトの父親《ちちおや》が、音楽家《おんがくか》のなかまと弦楽合《げんがくがっ》奏曲《そうきょく》を演奏《えんそう》していると、6歳《さい》のモーツァルトがいっしょにやりたいという。だだをこねるので、しかたなくバイオリンの友人《ゆうじん》のパートをいっしょにやらせることになった。するとモーツァルトは、はじめてきいた曲《きょく》だったにもかかわらず、完《かん》ぺきな演奏《えんそう》をしたので、その友人《ゆうじん》はすぐに弾《ひ》くのをやめて、彼《かれ》の演《えん》奏《そう》にききいったという話《はなし》だ。

また14歳《さい》のとき、演奏旅行先《えんそうりょこうさき》のイタリアでは、システィーナ礼拝堂《れいはいどう》できいたむずかしい曲《きょく》を楽譜《がくふ》に書《か》きおこして話題《わだい》になった。じつはこの曲《きょく》は、ここだけで演奏《えんそう》される「ミゼレーレ」という秘曲《ひきょく》で、外《がい》部《ぶ》にもちだされることがないように、楽譜《がくふ》になっていなかったんだって。それをモーツァルトはたった1回《かい》きいただけで楽譜《がくふ》にしてしまった。モーツァルトにとっては、秘密《ひみつ》の曲《きょく》も秘密《ひみつ》にはならなかったというわけだ。

齋藤孝の
偉人《いじん》
かいせつ

モーツァルト

ぼくはモーツァルトこそ、天才《てんさい》だと思《おも》うんだ。科《か》学《がく》の発見《はっけん》などは、その人《ひと》がしなくても、やがてほかの人《ひと》が発見《はっけん》したかもしれない。でもモーツァルトのあのすてきな音楽《おんがく》は、彼以外《かれいがい》のだれもつくれなかった。そう考《かんが》えてみると、モーツァルトがこの世《よ》にのこしたすばらしいプレゼントの多《おお》さに、あらためてびっくりするね。

モーツァルトは小《ちい》さいころからピアノを練習《れんしゅう》していて、天才少年《てんさいしょうねん》としてすごくもてはやされた。でも大人《おとな》になると人気《にんき》はおちるんだ。うまい大人《おとな》はたくさんいるからね。そこで作曲家《さっきょくか》としてやっていくわけだけど、そのときにピアノ演奏《えんそう》の技術《ぎじゅつ》が、とても役《やく》にたった。

みんなも、小《ちい》さいときにがんばったことは、きみが大人《おとな》になるこの先《さき》も、自分《じぶん》の武器《ぶき》になっていくと思《おも》う。たとえば字《じ》がじょうずだったり、ピアノが弾《ひ》けたりとかね。がんばってやったことは、それがいきることがきっとある。モーツァルトのように、ムダにはならないはずだよ。

ベートーベン

苦《くる》しみをのりこえ、音楽《おんがく》に一生《いっしょう》をささげた魂《たましい》の音楽家《おんがくか》

ルートビヒ・バン・ベートーベン（1770 ～ 1827 年）
ドイツ生まれ。病気で耳が聞こえなくなった
にもかかわらず、数々の名曲をつくった。
古典派音楽に、感情の表現などをとりこみ、
ロマン派とよばれる新しい音楽への道をひらいた。

オーストリアの首都《しゅと》ウィーン。ブルク劇場《げきじょう》の演奏会《えんそうかい》の客席《きゃくせき》は、うわさのピアニストの演奏《えんそう》をきこうとあつまった聴衆《ちょうしゅう》でふくれあがっていた。

「第《だい》二のモーツァルトとよばれる男《おとこ》か……。」

「モーツァルト当人《とうにん》が、彼《かれ》は将来有名《しょうらいゆうめい》な音楽家《おんがくか》になると予言《よげん》したそうですよ。」

「モーツァルトが亡《な》くなってしまったいま、楽《たの》しみな存在《そんざい》だな。」

やがて舞台《ぶたい》に、若《わか》い男《おとこ》があらわれる。大《おお》きな拍手《はくしゅ》が彼《かれ》をむかえ、その一挙一動《いっきょいちどう》を見《み》つめた。

彼《かれ》の名《な》はルートビヒ・バン・ベートーベン。音楽《おんがく》の都《みやこ》ウィーンで、もっとも注目《ちゅうもく》されている音楽家《おんがくか》だ。そして、今日《きょう》が彼《かれ》の最初《さいしょ》の公開演奏会《こうかいえんそうかい》だった。

彼《かれ》はぎこちなく一礼《いちれい》し、ピアノの前《まえ》にすわると、音《おと》をかなではじめた。

演目《えんもく》は、ベートーベン自身《じしん》の作《さく》によるピアノ協奏曲第二番《きょうそうきょくだいばん》。劇場《げきじょう》いっぱいに、力強《ちからづよ》く豊《ゆた》かな旋律《せんりつ》が鳴《な》りひびく。だれもが、その演奏《えんそう》に夢中《むちゅう》になった。

そして……。

「ブラボー！」

「ブラボー！」

音楽《おんがく》が鳴《な》りやむと同時《どうじ》におきる、大《おお》きな歓声《かんせい》と拍手《はくしゅ》。

賞賛《しょうさん》のうずの中《なか》、立《た》ちあがったベートーベンは、聴衆《ちょうしゅう》にむかってまたぎこちなく一礼《いちれい》した。

「おい、すばらしかったよ！　やったな！」

舞台《ぶたい》の裏《うら》へもどったベートーベンを、彼《かれ》の友人《ゆうじん》であるベーゲラーがむかえ、強《つよ》くだきしめた。

「大成功《だいせいこう》だよ！　きみはもう、名実《めいじつ》ともに一流音楽家《いちりゅうおんがくか》のなかまいりだ！」

親友《しんゆう》のうれしそうな顔《かお》を見《み》て、ベートーベンの顔《かお》もほころんだ。

「ありがとう。ありがとう!」

この日《ひ》のベートーベンの演奏《えんそう》は、ウィーン中《じゅう》の評判《ひょうばん》になった。

「じつにすばらしい演奏《えんそう》だったよ!」

「生命《せいめい》を感《かん》じさせるような力強《ちからづよ》さがあった。心《こころ》がつきうごかされたよ。」

「きっとベートーベンは、音楽《おんがく》の神《かみ》さまにえらばれた人物《じんぶつ》にちがいない。」

それからというもの、ベートーベンのもとには、演奏《えんそう》の申《もう》しこみや、新曲《しんきょく》の依頼《いらい》などがつぎつぎとまいこんだ。それらのできばえもすばらしく、彼《かれ》の評判《ひょうばん》はぐんぐんと高《たか》くなるいっぽうだった。

しかし順調《じゅんちょう》な時期《じき》は長《なが》くはつづかなかった。運命《うんめい》の女神《めがみ》は、やがて彼《かれ》につらい試練《しれん》をあたえることになる。

「なんてことだ！　耳《みみ》が……耳《みみ》がきこえなくなるなんて……。」

ベートーベンは、その手《て》をピアノの鍵盤《けんばん》にたたきつけた。大《おお》きな不協和音《ふきょうわおん》が鳴《な》りひびいたが、それすらもまんぞくに彼《かれ》の耳《みみ》にはとどかないのだ。

症状《しょうじょう》は、だんだんとひどくなっていった。

「おれは音楽家《おんがくか》だ。もし耳《みみ》がきこえないことがばれると、もう音楽家《おんがくか》でいられなくなるだろう……。」

そう思《おも》ったベートーベンは、耳《みみ》の病気《びょうき》をさとられないように活動《かつどう》をつづけていた。人《ひと》に会《あ》うのをさけ、たとえ会《あ》っても、あまり会話《かいわ》をしなくなった。

症状《しょうじょう》がさらにひどくなったベートーベンは、やがて療養《りょうよう》もかねて、ウィーンのはずれにあるハイリゲンシュタット村《むら》ですごすようになった。

ある日《ひ》、村《むら》のはずれにある森《もり》をあるいていたベートーベンのもとに、弟子《でし》のリースがたずねてきた。

「先生《せんせい》！　やっぱりここでしたか。いつものように散歩《さんぽ》してると思《おも》いましたよ。」

「おお、リースくんか。よくきてくれたな。いっしょに散歩《さんぽ》するかい？」

「どうですか？　今日《きょう》は、いいメロディを思《おも》いつきましたか？」

「……ん？　なんだね？」

「……いえ。……あ！　きこえますか？　牧童《ぼくどう》の笛《ふえ》の音《ね》でしょうか？　おもしろいメロディですね。」

「ん？　なんだって？」

「ほら！　笛《ふえ》の音《ね》が！」

「……笛《ふえ》の音《ね》？　……いまもきこえるのか？」

「……ええ、はっきりと。……先生《せんせい》……やはり耳《みみ》がかなり……。」

「……！」

その夜《よる》、ベートーベンはしずかに泣《な》いた。

おさないころから音楽家《おんがくか》になるべくそだてられたベートーベンにとって、音《おん》楽《がく》は体《からだ》の一部《いちぶ》。命《いのち》そのものといってても過言《かごん》ではない。

「耳《みみ》のきこえない音楽家《おんがくか》……か。」

彼《かれ》の世界《せかい》をみたしていた音《おと》という音《おと》は、もう消《き》えてしまった。その絶望《ぜつぼう》から、彼《かれ》はついに、みずから死《し》をえらぼうと考《かんが》えたのだ。

彼《かれ》は、ふたりの弟《おとうと》に遺書《いしょ》を書《か》いた。

「弟《おとうと》よ。世《よ》の中《なか》の人々《ひとびと》につたえてほしい……わたしはすでに六年《ねん》、不治《ふじ》の病《やまい》に苦《くる》しんできた。じつは、わたしは耳《みみ》がきこえないのだ。『もっと大《おお》きな声《こえ》で話《はな》してくれないか？　いや、さけんでくれないか!?』そう人々《ひとびと》にいえたら、どんなに楽《らく》だったろうか。……みんなにきこえる笛《ふえ》の音《ね》が、わたしの耳《みみ》にだけはきこえないなんて……なんて屈辱《くつじょく》だ。なんて絶望《ぜつぼう》だ……。」

しずかな部屋《へや》の中《なか》、彼《かれ》は窓《まど》からさしこむ月光《げっこう》だけを頼《たよ》りに、遺書《いしょ》にペンを走《はし》らせていた。

力《ちから》なくペンを置《お》くベートーベン。絶望《ぜつぼう》のはて。その目《め》はうつろだった。

……しかし、そのときだった。彼《かれ》の頭《あたま》の中《なか》で、音《おと》が鳴《な》ったように思《おも》えた。

「はっ！」

いつしか眠《ねむ》りこんでいたのだ。気《き》がつくと、朝日《あさひ》が部屋《へや》にさしこんでいた。まぶしい世界《せかい》がそこにはあった。窓《まど》の外《そと》を見《み》ると、田園風景《でんえんふうけい》がひろがっている。いつもとおなじように、豊《ゆた》かにかがやいている。

「あ……!?」

そして、音《おと》がきこえた。最初《さいしょ》はかすかに、しだいに、はっきりと。

「ああ！　なんてことだ……。」

ベートーベンの目《め》に涙《なみだ》がうかんだ。自分《じぶん》のまわりの世界《せかい》から消《き》えたはずの音《おん》楽《がく》が、彼《かれ》の中《なか》からあふれてきたのである。

「おれはまだなくしちゃいない……音楽《おんがく》は、おれの中《なか》にあるんだ……。」

ベートーベンはピアノの前《まえ》に立《た》ち、しずかに鍵盤《けんばん》にふれた。

ポーン……。

はなたれた音《おと》は、彼《かれ》の耳《みみ》にはとどかなかった。しかし、ベートーベンの中《なか》で、それはたしかに鳴《な》りひびいたのだ。

ベートーベンは、机《つくえ》の上《うえ》の遺書《いしょ》を見《み》た。そしてペンをとり、文《ぶん》をつけたした。

「しかし、その絶望《ぜつぼう》からわたしをすくったのはただひとつ、音楽《おんがく》だ。音楽《おんがく》がわたしを生《い》かしたのだ。わたしは宿命《しゅくめい》として負《お》わされたものをつくりだすまで、死《し》ぬことはゆるされないと思《おも》った。その思《おも》いだけが、わたしを生《い》かしたのだ。」

ペンを置《お》き、顔《かお》をあげた彼《かれ》の目《め》には、もう絶望《ぜつぼう》の影《かげ》はなかった。

ピアノ演奏家《えんそうか》としてではなく、作曲家《さっきょくか》として！　ベートーベンはつぎつぎと作品《さくひん》を書《か》きあげていった。交響曲第五番《こうきょうきょくだいばん》『運命《うんめい》』、第六番《だいばん》『田園《でんえん》』、ピアノ協奏曲第五番《きょうそうきょくだいばん》『皇帝《こうてい》』などの名曲《めいきょく》は、耳《みみ》の症状《しょうじょう》がひどくなってからの作品《さくひん》だ。

そして数年後《すうねんご》には、耳《みみ》が不自由《ふじゆう》なことに負《ま》けず、ベートーベンは自作《じさく》の演奏《えんそう》にも挑戦《ちょうせん》しようとしていた。曲《きょく》は、交響曲第九番《こうきょうきょくだいばん》『合唱《がっしょう》つき』。彼《かれ》の交響曲《こうきょうきょく》の集大成《しゅうたいせい》ともいえる大曲《たいきょく》の発表《はっぴょう》を、みずからの手《て》で指揮《しき》しようというのだ。

指揮台《しきだい》にベートーベンがあらわれる。われんばかりの拍手《はくしゅ》のあと、ベートーベンはいどむようにオーケストラを見《み》つめ、指揮棒《しきぼう》をかざした。

深々《ふかぶか》とオーケストラが鳴《な》りひびいた。うねる川《かわ》のながれのような第一楽章《だいがくしょう》。活発《かっぱつ》にリズムをきざむ第二楽章《だいがくしょう》。ゆったりとした第三楽章《だいがくしょう》。第四楽章《だいがくしょう》では斬新《ざんしん》な合唱《がっしょう》がはいり、高《たか》らかにうたった。

『おお友《とも》よ、こんな歌《うた》ではない！　もっと喜《よろこ》びあふれる歌《うた》をうたおうではないか！』

自分《じぶん》の命《いのち》をけずるかのように、指揮棒《しきぼう》をふるベートーベン。バイオリンが、ホルンが、合唱《がっしょう》が、まるで天《てん》からのメッセージのようにひびいた。ベートーベンの耳《みみ》に音《おと》はきこえていなかったが、彼《かれ》の心《こころ》にはしっかりときこえていた。

そして一時間《じかん》にもおよぶ大作《たいさく》をむすぶフィナーレ。天《てん》へとかけぬけるような旋律《せんりつ》のあと、会場《かいじょう》にはわれんばかりの拍手《はくしゅ》が鳴《な》りひびいた。

しかし演奏《えんそう》がおわっても、ベートーベンはオーケストラのほうをむいたまま、ふりかえろうとはしなかった。やがて女性歌手《じょせいかしゅ》のひとりにうながされ、ふりかえったベートーベンの目《め》にとびこんできたのは、熱狂《ねっきょう》し、総立《そうだ》ちで喝采《かっさい》をおくる聴衆《ちょうしゅう》の姿《すがた》だった。

「運命《うんめい》とは、このように戸《と》をたたくのだ。」

交響曲第五番《こうきょうきょくだいばん》の有名《ゆうめい》なはじまりの部分《ぶぶん》について、ベートーベン自身《じしん》がこう解説《かいせつ》したことから、この曲《きょく》は『運命《うんめい》』とよばれるようになった。

彼《かれ》が直面《ちょくめん》した、聴力《ちょうりょく》を失《うしな》うという運命《うんめい》は、まさにこの曲《きょく》のはじまりのようにとつぜんやってきたのだろう。しかし、つらい現実《げんじつ》に負《ま》けず、彼《かれ》は絶望《ぜつぼう》の淵《ふち》からはいあがった。最終楽章《さいしゅうがくしょう》では喜《よろこ》びにつつまれておわる『運命《うんめい》』の曲《きょく》そのもののように。

「楽聖《がくせい》」。ベートーベンはそうよばれる。その強靱《きょうじん》な精神力《せいしんりょく》と、耳《みみ》がきこえないにもかかわらず数々《かずかず》の名曲《めいきょく》をのこした才能《さいのう》をたたえた、音楽家《おんがくか》として最高《さいこう》の称号《しょうごう》である。

ベートーベンはみだしコラム

英雄交響曲《えいゆうこうきょうきょく》

ベートーベンの交響曲第《こうきょうきょくだい》３番《ばん》は「英雄《えいゆう》」という題《だい》名《めい》がついているけど、もしかすると「ボナパルト」という題名《だいめい》だったかもしれないんだ。

フランス革命《かくめい》で、フランスの市民《しみん》が王《おう》や貴族《きぞく》の支《し》配《はい》をうちやぶったことは、平民出身《へいみんしゅっしん》のベートーベンにとっても、となりの国《くに》のできごととはいえ、うれしい事件《じけん》だった。そしてその中心人物《ちゅうしんじんぶつ》といえるナポレオン・ボナパルトを、ベートーベンは尊敬《そんけい》し、応《おう》援《えん》していたんだ。ベートーベンはできあがった交響《こうきょう》曲第《きょくだい》３番《ばん》を、ナポレオンへプレゼントしようと、その楽譜《がくふ》の表紙《ひょうし》に「ボナパルトへ」と書《か》いて、贈《おく》る準《じゅん》備《び》をしていたんだよ。

ところが、ナポレオンが皇帝《こうてい》の座《ざ》についたという知《し》らせをきいて、ベートーベンは「あいつもただ権《けん》力《りょく》がほしかっただけなのか！」と怒《いか》り、その表紙《ひょうし》に書《か》いた「ボナパルトへ」という文字《もじ》をペンでぐちゃぐちゃに消《け》した。そのかわりに、「ある英雄《えいゆう》の思《おも》い出《で》に」として『シンフォニア・エロイカ（英雄交響《えいゆうこうきょう》曲《きょく》）』という題名《だいめい》を書《か》きこんだんだよ。

齋藤孝の
偉人《いじん》
かいせつ

ベートーベン

ベートーベンは、感情《かんじょう》の起伏《きふく》、つまり喜《よろこ》びとか悲《かな》しみ、怒《いか》りなどをもりこんだ音楽《おんがく》をつくり、音楽《おんがく》の世界《せかい》をイッキにひろげた音楽家《おんがくか》だ。交響曲《こうきょうきょく》が有名《ゆうめい》だけど、ほかにも弦楽四重奏曲《げんがくしじゅうそうきょく》とか、すごい傑作《けっさく》がある。得意《とくい》だったピアノでも、『エリーゼのために』とか『月光《げっこう》』といった名曲《めいきょく》をたくさん作曲《さっきょく》しているよ。

ぼくは大学受験《だいがくじゅけん》の苦《くる》しいとき、ベートーベンにたすけてもらったんだよ。ひとり暮《ぐ》らしのアパートで『運命《うんめい》』を大《おお》きな音《おと》で何回《なんかい》もきいていた。すると、ベートーベンの魂《たましい》が自分《じぶん》の中《なか》にはいってくる気《き》がして、気持《きも》ちが高《たか》まっていくんだ。

そして、ロマン・ロランの『ベートーベンの生涯《しょうがい》』という本《ほん》の中《なか》にあった、「苦《くる》しみをつきぬけて歓喜《かんき》にいたれ。」という彼《かれ》のセリフ。この一文《いちぶん》でぼくはすごく勇気《ゆうき》づけられた。

苦《くる》しみがそこにあるほど、その先《さき》に喜《よろこ》びがある。いいものができる。ベートーベンはそんな勇気《ゆうき》をあたえてくれる人《ひと》だね。

ゴッホ

自分《じぶん》の気持《きも》ちをキャンバスに描《えが》いた炎《ほのお》の画家《がか》

ビンセント・バン・ゴッホ（1853 ～ 1890 年）
オランダの画家。うねるような筆はこびと、
あざやかな色づかいが特徴。生きているあいだには、
まったくみとめられなかったゴッホの絵は、
いまではたいへんな人気がある。

「なんて美《うつく》しい色《いろ》だろう！　きれいな線《せん》だろう！」

ここは十九世紀末《せいきまつ》のパリの街《まち》。画廊《がろう》のウインドーの前《まえ》で、もうずいぶん長《なが》いあいだうごかずに一枚《まい》の絵《え》をながめている男《おとこ》がいた。彼《かれ》の名《な》はビンセント・バン・ゴッホ。三十三歳《さい》の画家《がか》の卵《たまご》である。

パリで画商《がしょう》としてはたらく弟《おとうと》のテオドルの勧《すす》めで、生《う》まれ故郷《こきょう》のオランダからこの街《まち》へとやってきたゴッホは、ここで日本《にっぽん》の浮世絵《うきよえ》にであった。

「日本《にっぽん》の浮世絵《うきよえ》か……。独特《どくとく》の人物描写《じんぶつびょうしゃ》も魅力的《みりょくてき》だ……すばらしい……。」

パリにきてからゴッホの絵《え》は、急《きゅう》に明《あか》るくなる。浮世絵《うきよえ》と、マネやモネなどの印象派《いんしょうは》の画家《がか》たちの影響《えいきょう》といわれている。

「さあ、やるぞ！　パリの街《まち》は刺激《しげき》にみちている！」

弟《おとうと》テオドルからの仕送《しおく》りでえたわずかなパンをかじりながら、ゴッホは毎《まい》日一心《にちいっしん》に絵《え》を描《か》きつづけた。

「あそんでいるひまなどないぞ。二十七歳《さい》から絵《え》を描《か》きはじめたわたしには、ほかのことにかまっている時間《じかん》などないのだ。」

彼《かれ》はつぎつぎと絵《え》を描《か》いていった。……しかし、一枚《まい》も売《う》れなかった。

「なぜだ。わたしの絵《え》には価値《かち》などないのか⁉ なぜみとめられないのだ!」

もともと神経質《しんけいしつ》で、気性《きしょう》の激《はげ》しい性格《せいかく》だったこともあって、ゴッホは人《ひと》づきあいが下手《へた》だった。絵《え》の売《う》りこみもじょうずではなかったのだ。

落《お》ちこむゴッホを、精神的《せいしんてき》にも、経済的《けいざいてき》にもささえていたのは、弟《おとうと》のテオドルだった。テオドルは兄《あに》の生活費《せいかつひ》や、絵《え》の材料費《ざいりょうひ》をすべて援助《えんじょ》していた。

ゴッホより四歳年下《さいとしした》のテオドルは、ゴッホが心《こころ》をゆるした、ただひとりの人《じん》物《ぶつ》だ。ゴッホは彼《かれ》を「テオ」とよび、自分《じぶん》のなやみを書《か》いた手紙《てがみ》をおくるなどしていた。彼《かれ》の理解者《りかいしゃ》であり、よき相談相手《そうだんあいて》だったのだ。

テオドルは、自分《じぶん》の知《し》っている画家《がか》に、ゴッホを紹介《しょうかい》したりもした。

「兄《にい》さん、画家《がか》のみんなに会《あ》ってみませんか？　気分転換《きぶんてんかん》になるでしょう。おなじ画家《がか》どうし、いい話《はなし》がきけるかもしれませんよ？」

「ああテオ、それもいいかもしれないな……。」

もっとも、気《き》むずかしいゴッホである。絵《え》についての議論《ぎろん》こそすれ、よきなかまとして深《ふか》くつきあうような友人《ゆうじん》はできなかった。

ゴッホは、にぎやかなパリの街《まち》の中《なか》にいて、どんどん孤独《こどく》になっていった。

「パリではダメだ……もっと陽《ひ》のあたる、明《あか》るい場所《ばしょ》へいこう。南《みなみ》へ！」

一八八八年《ねん》、ゴッホはフランス南部《なんぶ》にあるアルル村《むら》へうつりすんだ。

「わたしの絵《え》は、わたしの心《こころ》なのだ！　わたしは心《こころ》の色《いろ》で絵《え》を描《か》くのだ！」

アルルのまぶしい太陽《たいよう》の下《もと》、ゴッホは勢《いきお》いをまして絵《え》を描《か》きはじめた。豊《ゆた》かな自然《しぜん》が、ゴッホの創作意欲《そうさくいよく》をあとおししたのだろう。

「いいぞ、いいぞ。もっと輝《かがや》きを！　ここには生命《せいめい》があふれている！」

のちに傑作《けっさく》とされる多《おお》くの作品《さくひん》が、つぎつぎとできあがった。有名《ゆうめい》な『ひまわり』など、アルルでくらした十五か月《げつ》のあいだに、ゴッホは二百点以上《てんいじょう》の作《さく》品《ひん》を描《か》いている。

「そうだ！　こんなにすばらしいところなんだ。みんながあつまって制作活動《せいさくかつどう》するのに、ぴったりじゃないか？」

アルルがすっかり気《き》にいったゴッホは、画家《がか》のなかまたちに、アルルの自分《じぶん》の家《いえ》へくるように連絡《れんらく》をいれた。貧《まず》しい画家《がか》があつまっての共同生活《きょうどうせいかつ》。芸術家《げいじゅつか》たちのつどう家《いえ》。ゴッホはそんな夢《ゆめ》を思《おも》い描《えが》いた。

「我《われ》ながら、いい考《かんが》えだ！」

……しかし、まてども、だれもこなかった。

おそらくほかの画家《がか》たちは、パリにいるほうが活動《かつどう》しやすかったのだろう。それに、気《き》むずかしいゴッホとの生活《せいかつ》に不安《ふあん》を感《かん》じていたのかもしれない。

「……だれもこない。きやしないんだ……ちくしょう！」

ゴッホはここでもまた、孤独《こどく》に落《お》ちていった。そうしてゴッホは強《つよ》い酒《さけ》を飲《の》むようになり、心《こころ》も体《からだ》も消耗《しょうもう》させ、しだいに病《や》んでいく。

頼《たよ》りは、弟《おとうと》テオドルからの手紙《てがみ》と、仕送《しおく》りだけだった。

「やあ、美《うつく》しい村《むら》じゃないか。ビンセント、きみは元気《げんき》なのか？」

一八八八年《ねん》の十月《がつ》、ゴッホにうれしい客《きゃく》がおとずれる。画家《がか》のなかま、ポール・ゴーギャンがアルルへきてくれたのだ。ゴーギャンは、パリ時代《じだい》、ゴッホがもっとも交流《こうりゅう》をもった画家《がか》なかまだった。

「ポール！　きみならきてくれると思《おも》っていたよ！」

「ちょっと体調《たいちょう》をくずしていたもんでね、おそくなったんだよ。それにテオくんが、アルルゆきを勧《すす》めてくれてね。」

「テオが⁉」

「まったく、いい弟《おとうと》さんだなあ。きみのことをすごく心配《しんぱい》していたぞ。」

「……そうか、テオが誘《さそ》ってくれたのか！」

「テオくんのためにも、いい作品《さくひん》を描《か》こうじゃないか。」

「ああ……そうだな！」

こうして、ゴッホが望《のぞ》んでいた共同生活《きょうどうせいかつ》がはじまった。

ゴッホも、ゴーギャンも、おたがいにそれぞれの作品《さくひん》にひかれ、影響《えいきょう》をあたえあっていた。目《め》のさめるような鮮《あざ》やかな色《いろ》づかいなどは、ふたりの作品《さくひん》の共《きょう》通点《つうてん》だ。共同生活《きょうどうせいかつ》はうまくいくようにも思《おも》えた。

ところが、ふたりともやはり個性《こせい》の強《つよ》い芸術家《げいじゅつか》であった。ゴッホは以前《いぜん》にもまして精神《せいしん》が不安定《ふあんてい》な状態《じょうたい》で、すぐに怒《おこ》るなど、むきだしにした感情《かんじょう》をゴーギャンにぶつけた。ゴーギャンも、絵《え》のために家族《かぞく》や仕事《しごと》をすてたほどの男《おとこ》である。自分《じぶん》の意見《いけん》をまげたりはできなかった。

「そんなだから、おまえの絵《え》は売《う》れないんだ！」

「なにを！　わたしのやりかたに口《くち》をだすな！」

夢《ゆめ》だった共同生活《きょうどうせいかつ》は、いつしかケンカのたえない毎日《まいにち》になっていた。

そしてある日《ひ》……。

「わーっ、やめろ！　なにをする!!」

ゴッホが、手《て》にしたカミソリで、ゴーギャンに斬《き》りかかったのだ。大事《だいじ》にはいたらなかったが、共同生活《きょうどうせいかつ》をおわらせるには、十分《じゅうぶん》なできごとだった。

「昨日《きのう》はグラスをなげつけられたかと思《おも》えば、今日《きょう》は斬《き》りつけられる！　もうこんなところはごめんだ！」

「…………」

「……おたがい、これ以上《いじょう》いっしょにいないほうがいいだろう。おれはパリへかえるよ。」

「…………」

「じゃあな！」

こうして二か月《げつ》ほどで、ゴッホとゴーギャンの共同生活《きょうどうせいかつ》はおわりをつげた。

そして我《われ》にかえったゴッホは、自分《じぶん》のおこないをひどく悔《く》やむのだ。

「う……わぁ！　ポール！　わたしはなんてことをしてしまったのだ！」

そして手《て》にしたカミソリを自分《じぶん》の耳《みみ》にあて、きり落《お》とした。

ゴッホの精神病《せいしんびょう》の発作《ほっさ》は、このころからひんぱんにおきていたのである。

サン・レミにある精神病院《せいしんびょういん》で療養生活《りょうようせいかつ》をおくることになったゴッホだが、療《りょう》養中《ようちゅう》も、具合《ぐあい》がよければ写生《しゃせい》にでかけ、夢中《むちゅう》で絵《え》を描《か》いた。

しかしそのあと、フランス北部《ほくぶ》のオーベール村《むら》で、とつぜんピストル自殺《じさつ》をはかり、三十七年《ねん》の生涯《しょうがい》をとじてしまう。そしてその知《し》らせをきいた弟《おとうと》のテオドルも、兄《あに》をおうように、その翌年《よくねん》に亡《な》くなっている。

「わたしの人生《じんせい》はそれほど長《なが》くないだろう。だからわたしはひとつのことしか目《め》にはいらない、無知《むち》な人《ひと》となって仕事《しごと》をするつもりだ。」

ゴッホの画家《がか》としての活動期間《かつどうきかん》は、約十年《やくねん》と短《みじか》い。しかし、そのあいだに描《か》いた油絵《あぶらえ》の数《かず》は八百五十点以上《てんいじょう》。すさまじいペースで絵《え》を描《か》いていたのだ。

この八百五十点《てん》にものぼる作品《さくひん》のうち、彼《かれ》が生《い》きているあいだに売《う》れたのは、たった一点《てん》しかなかった。彼《かれ》の絵《え》が評価《ひょうか》されるのは、その死後《しご》なのである。

ゴッホは「炎《ほのお》の画家《がか》」とよばれる。人々《ひとびと》にうけいれられず、生涯《しょうがい》を孤独《こどく》と闘《たたか》った。その生涯《しょうがい》は炎《ほのお》のように激《はげ》しく燃《も》えあがり、一瞬《いっしゅん》の光《ひかり》をはなって燃《も》えつきてしまった。しかし彼《かれ》がのこした数々《かずかず》の作品《さくひん》のはなつ輝《かがや》きは、このあとの時代《じだい》も失《うしな》われることはない。

ゴッホはみだしコラム

浮世絵《うきよえ》がヨーロッパにあたえた影響《えいきょう》

19世紀後半《せいきこうはん》、パリでは、1867年《ねん》にひらかれた万国博覧会《ばんこくはくらんかい》をきっかけに日本《にっぽん》の文化《ぶんか》が注目《ちゅうもく》をあつめ、日本《にっぽん》ブームがおきたんだ。とくに画家《がか》たちは浮《うき》世絵《よえ》にショックをうけた。浮世絵《うきよえ》の絵《え》のテーマや、色《いろ》づかい、構図《こうず》などは、それまでのヨーロッパの絵《え》にはない新鮮《しんせん》なものだったんだね。画家《がか》たちは浮世《うきよ》絵《え》のまねをして描《か》いたり、いいところをとりいれ、新《あたら》しい絵《え》をつくろうとしたんだ。

ゴッホ作《さく》「タンギーじいさんの肖像《しょうぞう》」。背景《はいけい》にはたくさんの浮世絵《うきよえ》が描《えが》かれている。

齋藤孝の
偉人《いじん》
かいせつ

ゴッホ

ゴッホほど情熱的《じょうねつてき》な画家《がか》はいない！　でも、生《い》きていたときはへたくそといわれて、まったく人気《にんき》はなかったんだ。でもゴッホの絵《え》を見《み》ると、絵《え》は、うまいへたということより、「作者《さくしゃ》がどう世界《せかい》をとらえたか。」とか、「こう生《い》きたい。」という、自分《じぶん》を表現《ひょうげん》するものなんだということがわかる。

つまり、ゴッホの絵《え》によって、それまでのみんなの絵《え》の見《み》かたが、かわってしまったんだ。ゴッホはぼくたちに「表現《ひょうげん》する」ことを教《おし》えてくれた画家《がか》といってもいいんじゃないかな。

そして弟《おとうと》のテオだけど、もしかすると彼《かれ》がいちばんえらいのかもしれない。もしきみに、「お金《かね》を毎月《まいつき》ずっとおくってほしい。」っていう兄貴《あにき》がいたら、キツイよね。でもテオは、兄《あに》の絵《え》は本当《ほんとう》にすばらしいからと、生活費《せいかつひ》や材料費《ざいりょうひ》など、すべて出《だ》していた。なにしろゴッホの絵《え》は、まったく売《う》れなかったんだからね。そしてよき相談役《そうだんやく》としてもゴッホをささえた。弟《おとうと》のテオなくして、ゴッホの作品《さくひん》は生《う》まれなかったわけだね。

女性《じょせい》が自由《じゆう》に活躍《かつやく》できる社会《しゃかい》をきりひらいたデザイナー

シャネル

ガブリエル・シャネル（1883 ～ 1971 年）
フランスの服飾デザイナー。
女性が本当に着たい服をつくることにこだわった。
その仕事が、女性の社会へのかかわりかたを変え、
新しい時代をつくる大きな力となった。愛称はココ。

「カンボン通《どお》りに、おもしろい帽子屋《ぼうしや》があるわよ。」

一九一〇年《ねん》、ベル・エポック（よき時代《じだい》）とよばれる時代《じだい》をむかえていたパリ。オープンした一軒《けん》の店《みせ》が、話題《わだい》をよんでいた。店《みせ》の名《な》は「シャネル・モード」。二十七歳《さい》の女性《じょせい》デザイナー、ガブリエル・シャネルがひらいた帽子《ぼうし》の店《みせ》だ。

そのころの女性《じょせい》がかぶる帽子《ぼうし》といえば、豪華《ごうか》なかざりつきの重《おも》たいものだったが、シャネルの帽子《ぼうし》はシンプルで軽《かる》くてかぶりやすいものだった。パリの社《しゃ》交界《こうかい》でおしゃれに一目置《いちもくお》かれる女性《じょせい》たちが、シャネルのデザインした帽子《ぼうし》をかぶりはじめ、店《みせ》はたちまち評判《ひょうばん》になった。シャネルの名前《なまえ》もひろく知《し》られるものとなっていく。

シャネルは十二歳《さい》のとき母親《ははおや》を亡《な》くした。最愛《さいあい》の父親《ちちおや》はシャネルら娘《むすめ》たちをカトリック修道院《しゅうどういん》の孤児院《こじいん》へいれ、行方《ゆくえ》をくらましてしまう。複雑《ふくざつ》な思《おも》いをいだいたまま、シャネルはその孤児院《こじいん》で十八歳《さい》まですごしたあと、修道院付属《しゅうどういんふぞく》の寄宿学校《きしゅくがっこう》へかよった。

「修道女《しゅうどうじょ》になるか、結婚《けっこん》してだれかの夫人《ふじん》になるかだって？　そんなのいや。もっとなにかをやりたい！　自分《じぶん》の力《ちから》で！」

強《つよ》くそう思《おも》っていたシャネルは、馬《うま》の調教《ちょうきょう》をやっている名家《めいか》の息子《むすこ》エチエンヌと知《し》りあい、その屋敷《やしき》にころがりこむ。

エチエンヌの屋敷《やしき》には、パリの社交界《しゃこうかい》でも有名《ゆうめい》な貴婦人《きふじん》たちが出入《でい》りしていた。シャネルはそこで都会的《とかいてき》なセンスを身《み》につけ、そしておしゃれにみがきをかけ、自分《じぶん》で服《ふく》や帽子《ぼうし》をデザインするようになった。

「あなたがつくってくれた帽子《ぼうし》、大評判《だいひょうばん》だったわ！　会《あ》う人《ひと》みんなに、どこで買《か》ったのかたずねられたわよ。」

ここでつくった帽子《ぼうし》がエチエンヌの友人《ゆうじん》たちに評判《ひょうばん》になったことが、帽子店《ぼうしてん》をひらくきっかけになったのだ。

店《みせ》をひらく資金《しきん》を出《だ》してくれたのは、ボーイという若手実業家《わかてじつぎょうか》だった。エチエンヌの親友《しんゆう》で、シャネルの事業家《じぎょうか》としての才能《さいのう》を見《み》ぬいた人物《じんぶつ》だ。そして、シャネルが恋《こい》をしたはじめての人物《じんぶつ》でもあった。

帽子店《ぼうしてん》の成功《せいこう》で、シャネルはひとつの手《て》ごたえを感《かん》じる。それは、自分《じぶん》がこれからの女性《じょせい》の服《ふく》をつくるんだという確信《かくしん》だった。

「わたしは、女性《じょせい》であるわたしが着《き》たいものをつくるの。」

そのころの女性《じょせい》の高級服《こうきゅうふく》は、男性《だんせい》のデザイナーがつくっていた。男性《だんせい》の目《め》に女性《じょせい》が美《うつく》しく見栄《みば》えのするための服《ふく》。それが当時《とうじ》の、あたりまえの考《かんが》えかただった。どのドレスもごてごてと飾《かざ》りが多《おお》くて重《おも》く、ウエストはコルセットで息苦《いきぐる》しいほどしめつけられていた。階段《かいだん》さえひとりであがれないような服装《ふくそう》に、シャネルは疑問《ぎもん》をなげかけた。

「服《ふく》はなにより実用的《じつようてき》でなくてはならない。着《き》やすくて、自由《じゆう》な服《ふく》！」

シャネルはまず、リゾート地《ち》であるドービルに店《みせ》をだした。日常《にちじょう》から解放《かいほう》されるリゾート地《ち》では、だれもがリラックスできる服《ふく》を着《き》たがると思《おも》ったからだ。ここで、うごきやすいマリンルックなどを販売《はんばい》し、また評判《ひょうばん》になった。

そして、第一次世界大戦《だいいちじせかいたいせん》の影響《えいきょう》で不足《ふそく》する布地《ぬのじ》にかわって、ジャージ素材《そざい》に目《め》をつけた。以前《いぜん》、エチエンヌの屋敷《やしき》で馬《うま》の調教師《ちょうきょうし》が着《き》ていたジャージのセーターが、とてもいい着心地《きごこち》だったからだ。

ただ、それまでのジャージは品質《ひんしつ》がわるく、下着《したぎ》やよごれてもいいような服《ふく》にしかつかわれていなかった。そこでシャネルは業者《ぎょうしゃ》と研究《けんきゅう》をして、ドレスにもつかえる上質《じょうしつ》なジャージを開発《かいはつ》して、これで服《ふく》をつくった。

これが世《よ》の女性《じょせい》の大歓迎《だいかんげい》をうけることになった。

肌《はだ》ざわりがよく、軽《かろ》やかで、美《うつく》しい服《ふく》。シャネルの服《ふく》は、それまで服《ふく》にしばられていた女性《じょせい》の、その体《からだ》どころか心《こころ》までも解《と》きはなってしまった。女性《じょせい》たちが自由《じゆう》な世界《せかい》へとびだしていくきっかけになる服《ふく》。それがシャネルの服《ふく》だった。

事業《じぎょう》が波《なみ》にのり、お金《かね》がはいってくるようになったシャネルは、ボーイから出資《しゅっし》してもらった開店資金《かいてんしきん》を全額返済《ぜんがくへんさい》した。お金《かね》がからむことによって、ボー

イとの愛情関係《あいじょうかんけい》がおかしくならないように。それに、シャネルには仕事《しごと》をしているというプライドがあった。たとえすきな男性《だんせい》とでも、対等《たいとう》な立《た》ち位置《いち》にいたかったのだ。

しかし、最愛《さいあい》のボーイは、このあと自動車事故《じどうしゃじこ》で死《し》んでしまう運命《うんめい》にあるのだが……。

シャネルはたくさん恋《こい》をした女性《じょせい》だったが、生涯《しょうがい》、結婚《けっこん》はしなかった。ボーイのあとにも、イギリス名門貴族《めいもんきぞく》の大富豪《だいふごう》ウェストミンスター公爵《こうしゃく》、ロシアの名門《めいもん》ロマノフ家《け》の貴族《きぞく》ディミトリ大公《たいこう》、売《う》れっ子《こ》イラストレーターのポール・イリブ……。みんなシャネルの魅力《みりょく》にひかれ、恋人《こいびと》としてつきあった魅力的《みりょくてき》な男性《だんせい》たちだが、結婚《けっこん》することはなかった。それは身分《みぶん》のちがいのためだったり、考《かんが》えかたのちがいのためだったが、なによりもシャネル自身《じしん》が、服《ふく》をつくる仕事《しごと》を第一《だいいち》に考《かんが》えたからだった。

シャネルは、恋人《こいびと》とつきあうことで手《て》にいれたチャンスやセンスなどを、仕《し》事《ごと》にいかしていく力《ちから》をもっていた。恋愛《れんあい》により信念《しんねん》がぶれることなく、自分《じぶん》の感性《かんせい》に自信《じしん》をもち、つねに前《まえ》を見《み》てすすもうとしたシャネル。だからこそ、超《ちょう》一流《いちりゅう》とされる男性《だんせい》の目《め》にも魅力的《みりょくてき》にうつったのだろう。

「男性《だんせい》とは、ノンといってから、本当《ほんとう》の友人《ゆうじん》になれるの。」

この言葉《ことば》のとおり、シャネルは彼《かれ》らと、わかれたあとも親《した》しいつきあいをつづけた。

服《ふく》だけではなく、宝石《ほうせき》や香水《こうすい》などでも事業《じぎょう》を成功《せいこう》させ、世界《せかい》にその名《な》を知《し》られるブランドになったシャネルだが、五十六歳《さい》のとき、とつぜん店《みせ》をたたんだ。第二次世界大戦《だいにじせかいたいせん》がはじまろうとしていたときだった。

「仕事《しごと》ばっかりやってきて、つかれたんだろう。」

「もはや引退《いんたい》か。」

すでに財産《ざいさん》も名声《めいせい》も手《て》にいれたシャネルである。だれもがそう思《おも》った。

ところがそれから約《やく》十五年後《ねんご》、シャネルはファッション界《かい》にカムバックするのだ。七十一歳《さい》のときである。

そのころ、フランスのファッション界《かい》では、クリスチャン・ディオールが「ニュールック」とよばれるデザインで人気《にんき》をはくしていた。ところがシャネルは、それが気《き》にいらなかった。そのデザインは、以前《いぜん》のように女性《じょせい》の体《からだ》をしめつけるものだったのだ。

女性《じょせい》が本当《ほんとう》にもとめている着《き》やすい服《ふく》を！　そんな使命感《しめいかん》がシャネルを復活《ふっかつ》

させる原動力《げんどうりょく》になったのだろう。

シャネルのカムバックとなったパリでの春物《はるもの》コレクションの発表会《はっぴょうかい》は、人々《ひとびと》に大《おお》きな期待《きたい》と好奇心《こうきしん》をもってむかえられた。しかし……。

「シャネルはもうおわってる！」

「やっぱり年齢《ねんれい》か。七十歳《さい》すぎのおばあさんに新《あたら》しいものはつくれない。」

「彼女《かのじょ》のカムバックは、シャネルブランドに傷《きず》をつけただけだ。」

フランスのファッション界《かい》は、きびしい言葉《ことば》を彼女《かのじょ》につきつけた。発表《はっぴょう》されたシャネルのコレクションはどれもシンプルで、目新《めあたら》しい刺激《しげき》がなかったためだった。

しかしシャネルは確信《かくしん》していた。女性《じょせい》が本当《ほんとう》に着《き》たい服《ふく》は、自分《じぶん》のつくった服《ふく》だと。そして、そのとおりであった。フランスでたたかれた彼女《かのじょ》のコレクションは、海《うみ》のむこう、自由《じゆう》の国《くに》アメリカで絶大《ぜつだい》な支持《しじ》をうけたのである。アメリカのオフィスではたらく女性《じょせい》たちは、「シャネル・スーツ」と名《な》づけられたスカートスーツを大歓迎《だいかんげい》した。

「これなら仕事《しごと》に着《き》ていって、夜《よる》にはそのままパーティにもいけるわ！」

「アクセサリーひとつで、がらっと印象《いんしょう》がかわるの。とても便利《べんり》。」

「うごきやすくて、だけどキリッと風格《ふうかく》があって。とてもスマートなスーツ。」

新《あたら》しさと普遍性《ふへんせい》、エレガンスと実用性《じつようせい》をかねそなえたシャネル・スーツは、アメリカの女性《じょせい》たちのもとめていた服《ふく》とぴったり一致《いっち》した。シャネル・スーツに身《み》をつつんだアメリカの女性《じょせい》たちは、パワフルに社会《しゃかい》に進出《しんしゅつ》していった。

「シャネルは、モード以上《いじょう》のもの、もはや『革命《かくめい》』をまきおこしている。」

アメリカのメディアはそう書《か》いた。女性《じょせい》たちの生《い》きかたをかえ、社会《しゃかい》のありかたをかえてしまったからだ。

シャネル・スーツは、その登場以来《とうじょういらい》、はたらく女性《じょせい》の理想《りそう》の服《ふく》となった。

女性《じょせい》が男性《だんせい》とおなじ権利《けんり》をもっていない時代《じだい》、シャネルはファッションの世《せ》界《かい》から、時代《じだい》の波長《はちょう》を感《かん》じとっていた。そして彼女《かのじょ》が発信《はっしん》した服《ふく》は、女性《じょせい》を解《かい》放《ほう》し、新時代《しんじだい》をきりひらいていった。

「わたしは服《ふく》をつくる道《みち》をえらんだ。そのためにすべてを犠牲《ぎせい》にした。恋《こい》までも。仕事《しごと》はわたしの命《いのち》をむさぼりくったのだ。」

シャネルは、老《お》いても服《ふく》づくりの仕事《しごと》に妥協《だきょう》をゆるさず、八十七歳《さい》で亡《な》くなるその前日《ぜんじつ》の夜《よる》まではたらいていた。彼女《かのじょ》の服《ふく》づくりに対《たい》する思《おも》いは、ガブリエル・シャネル亡《な》きいまでも、そのブランドにひきつがれている。

齋藤孝の
偉人《いじん》
かいせつ

シャネル

シャネルという人《ひと》は、孤独《こどく》の中《なか》で、自分《じぶん》をみがいていたんだ。じつはシャネルが大切《たいせつ》にしていたのが、ひとりの時間《じかん》なんだ。彼女《かのじょ》は、鏡《かがみ》と本《ほん》を大事《だいじ》にしていたんだよ。鏡《かがみ》といっても、顔《かお》のようすを見《み》るわけじゃない。鏡《かがみ》を見《み》ることで自分自身《じぶんじしん》という人間《にんげん》を見《み》つめていた。また本《ほん》は「人間《にんげん》を知《し》るという意味《いみ》でいちばんいいものだから、わたしの宝物《たからもの》。」だといっていたんだ。

それからシャネルは、画家《がか》のピカソやバレエ団《だん》リーダーのディアギレフ、作曲家《さっきょくか》のストラビンスキー、詩人《しじん》のコクトーなど、いろんな芸術家《げいじゅつか》とつきあいがあった。彼《かれ》らの活動資金《かつどうしきん》をサポートし、創作《そうさく》の手《て》だすけしたんだ。彼《かれ》らの作品《さくひん》にふれることで、自分自身《じぶんじしん》も刺激《しげき》をうけていたんだね。

シャネルは仕事《しごと》の鬼《おに》であるいっぽう、たくさんの本《ほん》を読《よ》んで教養《きょうよう》を身《み》につけ、いろんな人《ひと》たちとつきあって才能《さいのう》をみがき、見聞《けんぶん》をふかめた。そんな人《ひと》だからこそ、新《あたら》しい時代《じだい》をきりひらくようなデザインができたんじゃないかと思《おも》うんだ。

少年《しょうねん》時代《じだい》に読《よ》んだ、神話《しんわ》の都《みやこ》を掘《ほ》りおこした男《おとこ》

シュリーマン

ハインリヒ・シュリーマン（1822 ～ 1890 年）
ドイツの考古学者。貿易商をやって資金をつくり、
古代都市の発掘をした。少年時代に読んだ
神話をたよりに、トロイの遺跡を発見。
ほかにもミケーネの遺跡などを発掘している。

「ねえお父《とう》さん、これ読《よ》んで！」

「またかい⁉　ハインリヒはこの本《ほん》がよっぽどすきなんだねえ。よーし、そこにすわりなさい。」

ハインリヒ・シュリーマンは、ドイツの貧《まず》しい牧師《ぼくし》の家《いえ》で生《う》まれた。少年《しょうねん》シュリーマンは、父《ちち》が本《ほん》を読《よ》んでくれるお話《はなし》の時間《じかん》をとても楽《たの》しみにしていた。とくに彼《かれ》の心《こころ》をときめかせたのは、古代《こだい》ギリシア時代《じだい》の詩人《しじん》ホメロスの書《か》いた『イリアス』という物語《ものがたり》だった。

イリアスは、「トロイ」という都《みやこ》を舞台《ぶたい》にした戦争《せんそう》の物語《ものがたり》だ。ギリシア軍《ぐん》が木馬《もくば》をつかった作戦《さくせん》によってトロイの都《みやこ》を攻《せ》め落《お》とす、ドラマチックな物語《ものがたり》だ。勇者《ゆうしゃ》アキレウスなどの活躍《かつやく》が、いきいきと描《えが》かれている。

「ねえお父《とう》さん、トロイの木馬《もくば》ってまだあるのかな？　ぼく、トロイにいってみたいなあ。ここから遠《とお》いの？」

「えっ？　あははっ、いけるといいんだがね。近《ちか》いも遠《とお》いも、このお話《はなし》はおとぎ話《ばなし》なんだよ。」

「えーっ？　おとぎ話《ばなし》？　本当《ほんとう》にあった話《はなし》じゃないの？」

「トロイという地名《ちめい》は、地図《ちず》のどこにものっていない。これを書《か》いたといわれるホメロスという人《ひと》も、すごく昔《むかし》の人《ひと》で、本当《ほんとう》にいたのかさえわからない。これは伝説《でんせつ》の人物《じんぶつ》の書《か》いた、空想《くうそう》の昔話《むかしばなし》なんだよ。」

「…………。」

「さあさあ、今日《きょう》はもうねなさい。夢《ゆめ》の中《なか》でならトロイへいけるだろう。おやすみ。」

「……おやすみなさい。」

シュリーマンは考《かんが》えていた。

「お父《とう》さんはあんなふうにいっているけど、本当《ほんとう》だろうか？」

ベッドにねころんだシュリーマンは、天井《てんじょう》を見《み》つめながらつぶやいた。

「……よーし！　大人《おとな》になったら、トロイの都《みやこ》を見《み》つけてやろう！」


「学校《がっこう》でこれから教《おそ》わることは、ぼくにはもう必要《ひつよう》なさそうだ。それよりもお金《かね》が必要《ひつよう》だな。」

やがてシュリーマンは発掘《はっくつ》の資金《しきん》をためるため、十四歳《さい》で学校《がっこう》をやめてはたらきはじめた。

「外国語《がいこくご》を勉強《べんきょう》しよう。みんな言葉《ことば》で苦労《くろう》している。外国語《がいこくご》ができるだけで、ずいぶん有利《ゆうり》に商売《しょうばい》ができるはずだ。」

そう考《かんが》えたシュリーマンは、外国語《がいこくご》の勉強《べんきょう》をはじめる。外国語《がいこくご》の本《ほん》を大《おお》きな声《こえ》をだして読《よ》み、それを丸暗記《まるあんき》しようとした。あとでそれをだれかにきいてもらい、まちがえたところを正《ただ》していくやりかただった。

彼《かれ》の語学《ごがく》のセンスは抜群《ばつぐん》で、英語《えいご》をはじめ、フランス語《ご》、ポルトガル語《ご》、イタリア語《ご》、オランダ語《ご》、ロシア語《ご》と、すぐに七か国語《こくご》をしゃべれるようになっていった。

またシュリーマンには、どうしてもおぼえたい言語《げんご》があった。それは古代《こだい》ギリシア語《ご》である。

「イリアス。古代《こだい》ギリシアの詩人《しじん》ホメロスの書《か》いた物語《ものがたり》。少年時代《しょうねんじだい》からぼくを魅了《みりょう》するこの物語《ものがたり》を、いまこそ原文《げんぶん》で読《よ》んでみよう。」

シュリーマンは手《て》はじめに、いまもつかわれている近代《きんだい》ギリシア語《ご》を勉強《べんきょう》した。それをわずか六週間《しゅうかん》でものにした彼《かれ》は、いよいよ古代《こだい》ギリシア語《ご》の学習《がくしゅう》にとりかかった。すでにだれもつかわなくなった、むずかしい古語《こご》である。古代《こだい》ギリシア語《ご》のテキストは、ホメロスの『イリアス』と『オデュッセイア』。目的《もくてき》の本《ほん》が読《よ》める喜《よろこ》びもあってか、難解《なんかい》とされるこの言語《げんご》を、彼《かれ》は三か月《げつ》でマスターしたのだ。

そのあと、学問《がくもん》を深《ふか》めるのにかかせないラテン語《ご》もおぼえ、彼《かれ》は十か国語《こくご》をあやつれるようになった。

数々《かずかず》の言葉《ことば》をしゃべり、情熱《じょうねつ》をもって精力的《せいりょくてき》に仕事《しごと》をするシュリーマン。事《じ》業家《ぎょうか》としての成功《せいこう》は、当然《とうぜん》の結果《けっか》だったのかもしれない。つぎつぎに事業《じぎょう》を拡《かく》大《だい》していった彼《かれ》は、いつしか巨万《きょまん》の資産《しさん》を手《て》にしていた。

すでに結婚《けっこん》もし、子《こ》どももできていたが、シュリーマンは四十二歳《さい》のとき、大《おお》きな決心《けっしん》をする。

「もう十分《じゅうぶん》なだけのお金《かね》ができた。わたしの子《こ》どものときからの夢《ゆめ》を、いよいよ実現《じつげん》させよう。」

シュリーマンは順調《じゅんちょう》に展開《てんかい》していた事業《じぎょう》を、すべて人《ひと》に売《う》った。その財産《ざいさん》で、トロイ遺跡《いせき》の発掘《はっくつ》をおこなおうというわけだ。

「ここだ。ここにちがいないんだ。トロイの都《みやこ》があったのは……。」

シュリーマンはオスマン帝国《ていこく》の、エーゲ海《かい》を見《み》おろす丘《おか》に立《た》っていた。

「ヒサリックの丘《おか》……。あらゆる資料《しりょう》が、ここを指《さ》ししめす。なによりわたしのカンが、ここだ、ここだといっているんだ。」

はやる気持《きも》ちを抑《おさ》えきれなかった彼《かれ》は、すぐに発掘作業《はっくつさぎょう》をはじめた。その土《と》地《ち》のもち主《ぬし》であるオスマン帝国《ていこく》の了解《りょうかい》もとらずに。しかも、ほかの考古学者《こうこがくしゃ》なら目《め》をまわしてしまうような乱暴《らんぼう》なやりかたで。

このあと、オスマン帝国政府《ていこくせいふ》より、シュリーマンに発掘中止《はっくつちゅうし》の命令《めいれい》がでるのだが、彼《かれ》はそれもまもらず、発掘《はっくつ》をつづけた。

ルール無視《むし》の蛮行《ばんこう》ともいえた。しかし裏《うら》をかえせば、それだけ掘《ほ》りたい願望《がんぼう》が強《つよ》かったのだ。そして、暴走《ぼうそう》する彼《かれ》の発掘《はっくつ》によって、古代史《こだいし》の、まだだれも見《み》たことがなかったページはひらかれるのである。

「シュリーマンさん！　なにかでてきましたよ！」

一八七〇年《ねん》。作業員《さぎょういん》のひとりがさけんだ。

「どこだ⁉」

「ここです。なんだかすごそうなものがたくさんありますよ。」

「……こ、これだ！　これだ！」

そこには数々《かずかず》の財宝《ざいほう》があった。そしてさらに発掘《はっくつ》をすすめると、そのまわりには城壁《じょうへき》や、宮殿《きゅうでん》の跡《あと》も見《み》つかったのだ。

「やはり、ここだった！　おれはトロイを見《み》つけたぞ！」

ヒサリックの丘《おか》は、数々《かずかず》の都《みやこ》がさかえてはほろんだ場所《ばしょ》のようで、いくつもの遺跡《いせき》が層《そう》をなしていた。そのなかでもとくにりっぱな層《そう》が二番目《ばんめ》の層《そう》で、シュリーマンはこれがトロイの都《みやこ》だと断定《だんてい》し、世界《せかい》に発表《はっぴょう》した。

人々《ひとびと》は、おとぎ話《ばなし》だと思《おも》っていた都市《とし》の出現《しゅつげん》に、おどろくほかなかった。

あとの時代《じだい》になってわかることだが、シュリーマンが発掘《はっくつ》した二番目《ばんめ》の層《そう》は、正確《せいかく》にはトロイの都《みやこ》ではなかった。実際《じっさい》のトロイの都《みやこ》は、おなじ場所《ばしょ》の、もっと浅《あさ》いところにあった。彼《かれ》がトロイだと思《おも》った遺跡《いせき》は、トロイの遺跡《いせき》よりもっと古《ふる》いものだったのだ。しかもその遺跡《いせき》は、それまで考《かんが》えられていた古代《こだい》文明《ぶんめい》の歴史《れきし》を、まるっきり塗《ぬ》りかえるほど重要《じゅうよう》なものだった。

それまで伝説《でんせつ》であった都市《とし》トロイも、彼《かれ》の発見《はっけん》をもとに、現実《げんじつ》の歴史《れきし》によみがえることになった。彼《かれ》の長年《ながねん》の夢《ゆめ》は、達成《たっせい》されたのである。

シュリーマンはこのあと、ミケーネの遺跡《いせき》も発掘《はっくつ》する。これは古代《こだい》ギリシアよりも、もっと古代《こだい》のエーゲ文明《ぶんめい》をさぐる考古学《こうこがく》の基礎《きそ》となった。

深《ふか》く埋《う》もれた古代文明《こだいぶんめい》の歴史《れきし》の扉《とびら》をこじあけ、その存在《そんざい》に光《ひかり》をあてたシュリーマン。彼《かれ》のその偉業《いぎょう》は、理論《りろん》や考察《こうさつ》よりも、情熱《じょうねつ》と行動《こうどう》によるものだった。その乱暴《らんぼう》なやりかたには批判《ひはん》も多《おお》いが、彼《かれ》がやらなければ、古代《こだい》の歴史《れきし》はまだ埋《う》もれたままだったかもしれないのだ。

シュリーマンは、自伝《じでん》に書《か》いている。

「トロイとミケーネの王墓《おうぼ》を発掘《はっくつ》するつるはしとシャベルは、わたしの幼少時代《ようしょうじだい》、八年間《ねんかん》をすごしたドイツの小《ちい》さな村《むら》で、すでにつくられ、みがかれていたのだ。」

そういう彼《かれ》は、「考古学者《こうこがくしゃ》」というよりも、「子《こ》ども時代《じだい》からの宝《たから》さがしをあきらめなかった偉大《いだい》な冒険家《ぼうけんか》」とよぶほうがぴったりかもしれない。

ものしり偉人伝

神話《しんわ》の迷宮《めいきゅう》を掘《ほ》りおこした考古学者《こうこがくしゃ》「エバンス」

シュリーマンの発見《はっけん》したミケーネ文明《ぶんめい》より、さらに古《ふる》いクレタ文明《ぶんめい》の遺跡《いせき》を発見《はっけん》した考古学者《こうこがくしゃ》だ。これらふたつの文明《ぶんめい》は、古代《こだい》ギリシア時代《じだい》より昔《むかし》にさかえた文明《ぶんめい》で、発展《はってん》した中心地《ちゅうしんち》のエーゲ海《かい》にちなんで、ふたつの文明《ぶんめい》をあわせて「エーゲ文明《ぶんめい》」とよばれているよ。

クレタもトロイとおなじく、おとぎ話《ばなし》に登場《とうじょう》するだけの存在《そんざい》しない都《みやこ》だと思《おも》われていた。エバンスはクレタ文明《ぶんめい》の中心地《ちゅうしんち》と思《おも》われるクレタ島《とう》のケファラの丘《おか》で、宮殿《きゅうでん》などの遺跡《いせき》を発掘《はっくつ》して、神話《しんわ》の都《みやこ》を現《げん》実《じつ》によびもどしたんだ。

クレタ文明《ぶんめい》で有名《ゆうめい》なのはクノッソスの宮殿《きゅうでん》だ。この宮殿《きゅうでん》は、2階《かい》や3階建《がいだ》ての部分《ぶぶん》があり、小《ち》さな部《へ》屋《や》が数百《すうひゃく》もあるんだ。廊下《ろうか》や階段《かいだん》がたくさんあって、迷路《めいろ》のようにいりくんでいる。

その複雑《ふくざつ》なつくりのためか、ギリシア神話《しんわ》ではこの宮殿《きゅうでん》は迷宮《めいきゅう》（ラビリンス）とされている。その奥《おく》深《ふか》くには半牛人《はんぎゅうじん》のミノタウロスがすんでいて、子《こ》どもたちを食《た》べていたという話《はなし》なんだ。

齋藤孝の
偉人《いじん》
かいせつ

シュリーマン

伝説《でんせつ》を信《しん》じて、古代《こだい》の都市《とし》を見《み》つけたシュリーマンは、なんといっても発想《はっそう》がおもしろい！

まず、発掘《はっくつ》をやるにはお金《かね》がかかるので、先《さき》に商売《しょうばい》をやって、しっかりお金《かね》をかせぐというやりかた。そして、ふつうのお金持《かねも》ちは、かせいだお金《かね》をなにかにつかうこともなくためこんで、そのまま死《し》んじゃう人《ひと》がほとんどだろうけど、シュリーマンはかせいだお金《かね》をすべて夢《ゆめ》にかけた。そういうところが気持《きも》ちいいね。

それから外国語《がいこくご》の勉強法《べんきょうほう》もおもしろい。まず、おぼえたい外国語《がいこくご》で書《か》かれた簡単《かんたん》な本《ほん》を用意《ようい》して、それをまるごとおぼえちゃう。そうしたらアルバイトとしてやとった人《ひと》にむかっておぼえた言葉《ことば》をしゃべりつづける。その人《ひと》は、ただきいているだけ。シュリーマンは、どんどんしゃべることで、ぐんぐん言葉《ことば》をおぼえていったんだ。

シュリーマンは、ほかの人《ひと》とはやりかたがちがっても、自分《じぶん》を信《しん》じてつきすすむ信念《しんねん》の人《ひと》だったんだ！

だれも知《し》らない海《うみ》のはてへと船《ふね》をだした冒険家《ぼうけんか》

コロンブス

クリストファー・コロンブス（1451 ～ 1506 年）
イタリア生まれの探検家。
西にむかってもアジアへいけると考え、
まだだれも知らない大西洋の西へと船をだした。
そして到着した地は、アメリカ大陸だった。

「バルトロメオ、イタリアのトスカネリっていう学者《がくしゃ》を知《し》ってるかい？」

「ぼくたちのように、地図《ちず》を描《か》いてる人《ひと》だろ？　兄《にい》さん。」

「そうだ。トスカネリの世界地図《せかいちず》はすごいぞ。ヨーロッパの西《にし》にあるのは海《うみ》のはてじゃない。アジアがあるんだ。地球《ちきゅう》は丸《まる》いんだと！」

ここはポルトガルの首都《しゅと》リスボン。一四七〇年代《ねんだい》、ポルトガルは航海《こうかい》の先進《せんしん》国《こく》としてさかえていた。クリストファー・コロンブスは弟《おとうと》とふたり、学者《がくしゃ》たちの新《あたら》しい意見《いけん》をとりいれながら、ここで地図《ちず》を描《か》く仕事《しごと》をしていた。

「アジアか……。ジパングって本当《ほんとう》にあるのかな？」

バルトロメオは、机《つくえ》の上《うえ》の『東方見聞録《とうほうけんぶんろく》』と書《か》いてある本《ほん》をながめた。

「ジパング……黄金《おうごん》の国《くに》ジパングか。おれがかならずいってやるさ！」

東方見聞録《とうほうけんぶんろく》は、イタリアの商人《しょうにん》マルコ・ポーロが、旅行先《りょこうさき》の東洋《とうよう》で見聞《みき》きした話《はなし》をまとめた本《ほん》で、アジア各地《かくち》のようすが紹介《しょうかい》されている。日本《にっぽん》についても、「黄金《おうごん》にあふれる国《くに》で、家《いえ》の柱《はしら》や床《ゆか》などさまざまなものが黄金《おうごん》でできているそうだ。」などと、うわさ話《ばなし》として書《か》いてあった。

当時《とうじ》のヨーロッパの人々《ひとびと》にとって東洋《とうよう》は、あこがれの未知《みち》の世界《せかい》だった。東《とう》方見聞録《ほうけんぶんろく》は、アジアへの夢《ゆめ》をかきたてるガイドブックだったわけだ。

イタリアの港町《みなとまち》ジェノバで生《う》まれたコロンブスも、船《ふな》のりたちからアジアの話《はなし》をきかされてそだった。アジアへの冒険《ぼうけん》は、彼《かれ》の少年時代《しょうねんじだい》からの夢《ゆめ》だった。

「マルコ・ポーロは陸《りく》を東《ひがし》へいった。おれは大西洋《たいせいよう》を西《にし》へいく!」

やがてフェリパという娘《むすめ》と結婚《けっこん》したコロンブスは、ポルトガルの沖合《おきあい》にある島《しま》にうつりすみ、船《ふね》で島々《しまじま》を見《み》まわる仕事《しごと》をするようになる。

「やっぱり海《うみ》はいい……この海《うみ》をいけばアジアにいける……。」

海《うみ》へでるたびに、コロンブスの気持《きも》ちは高《たか》ぶっていった。

そして数年後《すうねんご》、ついに、かねてからの計画《けいかく》、西《にし》まわりのアジア航海《こうかい》を実行《じっこう》しようと決心《けっしん》するのである。

ただ、その計画《けいかく》を実行《じっこう》するためには、大航海《だいこうかい》にたえる船《ふね》と、乗組員《のりくみいん》やその食料《しょくりょう》など、莫大《ばくだい》な費用《ひよう》が必要《ひつよう》だ。コロンブスはポルトガルの王《おう》ジョアン二世《せい》に、援助《えんじょ》を依頼《いらい》した。

「王様《おうさま》、地球《ちきゅう》は丸《まる》いのです。危険《きけん》な東《ひがし》への海路《かいろ》をさがすより、西《にし》へむかえば簡単《かんたん》にアジアへいけるのです。インドの香辛料《こうしんりょう》や、ジパングの黄金《おうごん》さえも、ポルトガルのものです。どうぞわたしに船《ふね》をあたえてください。」

だがコロンブスにかえってきたのは、そっけない言葉《ことば》だった。

「本当《ほんとう》かどうかわからぬような話《はなし》に大金《たいきん》は出《だ》せない。自分《じぶん》の金《かね》でいきなさい。」

「なんだと‼」

自分《じぶん》の計画《けいかく》に自信《じしん》があり、絶対《ぜったい》に援助《えんじょ》してもらえるものと思《おも》っていたコロンブスは、ショックをうけ、カッとなってしまった。

「なにが航海《こうかい》の先進国《せんしんこく》ポルトガルだ！　王様《おうさま》にこれっぽっちも冒険心《ぼうけんしん》がないじゃないか！」

こうして王《おう》を侮辱《ぶじょく》してしまったコロンブスは、家族《かぞく》ともども、ポルトガルから国外《こくがい》へ追放《ついほう》されてしまうことになる。

コロンブス一家《いっか》は、船《ふね》でスペインへとむかった。ところが悪《わる》いことはかさなるもので、妻《つま》のフェリパが船旅《ふなたび》のとちゅうで病死《びょうし》してしまうのだ。

まだおさないむすこをつれてスペインの地《ち》におり立《た》ったコロンブスは、気落《きお》ちし、すっかり途方《とほう》にくれてしまった。

「……おれはこれからどうすればいいのだ……。」

見知《みし》らぬ土地《とち》でさまようちに、ついにお金《かね》もなくなり、食《た》べるものにもこまってしまった。コロンブスは目《め》にとまった修道院《しゅうどういん》のドアをたたいた。

「この子《こ》になにか食《た》べものをください。昨日《きのう》からなにも口《くち》にしてないんです。」

「おやおや！　さあ、中《なか》にはいりなさい。」

神父《しんぷ》はふたりに食事《しょくじ》をあたえた。そして、コロンブスからこれまでの事情《じじょう》をきいた。

「すると、あなたはまだだれもいかぬ西《にし》へ、船《ふね》を出《だ》したいということですな。」

「はい。スペインの王室《おうしつ》に援助《えんじょ》をしていただけるといいのですが……。」

「よろしい。わたしが話《はなし》をしてさしあげましょう。」

「えっ！　……神父《しんぷ》さんが!?」

じつはこの神父《しんぷ》は、王室《おうしつ》の関係者《かんけいしゃ》で、女王《じょおう》と親《した》しい人物《じんぶつ》だったのだ。

「勇気《ゆうき》ある挑戦《ちょうせん》を応援《おうえん》しますよ。知《し》らせがあるまで、ここにいるとよい。」

こうしてコロンブスは、神父《しんぷ》のつてで、女王《じょおう》の協力《きょうりょく》をえることになる。


数年後《すうねんご》、スペイン女王《じょおう》イザベラの協力《きょうりょく》をえて、三隻《せき》の船《ふね》が用意《ようい》された。

なんとか出港《しゅっこう》はしたものの、航海《こうかい》は波乱《はらん》の連続《れんぞく》となる。なにしろ船員《せんいん》たちは、海《うみ》のおわりに近《ちか》づくのがこわかったのだ。

「海《うみ》のはてってのは、滝《たき》のようになっていて、落《お》ちたらたすからないんだと。」

「怪物《かいぶつ》がすんでいて、みんなのみこんじまうんだ……。」

コロンブスは彼《かれ》らの恐怖《きょうふ》をやわらげるため、実際《じっさい》にすすんだ距離《きょり》より少《すく》なめに船《ふね》の位置《いち》を報告《ほうこく》していた。

いよいよだれも知《し》らない海域《かいいき》へはいると、船員《せんいん》の緊張《きんちょう》はピークにたっした。サルガッソー海域《かいいき》では、海草《かいそう》が船《ふね》にからみついたり、羅針盤《らしんばん》がくるうなどトラブルが続出《ぞくしゅつ》。船員《せんいん》は大《おお》さわぎをはじめた。

「おれ、もういやだよ！」

「でも、かえるにかえれねえ。」

「じゃあ、いっそのこと、やっちまうか……船長《せんちょう》を！」

何人《なんにん》かの船員《せんいん》が、コロンブスを殺《ころ》してしまおうとつかみかかってきた。

コロンブスはあわてず、彼《かれ》らにいった。

「あと三日《みっか》だ！　三日《みっか》まって、なにもなければひきかえそう。約束《やくそく》する！」

「……よし、約束《やくそく》だ。あと三日《みっか》だな！」

さわぎはおさまったものの、これは大《おお》きな賭《か》けだった。

「あと三日《みっか》か。もうつくはずなんだ……きっと。」


「おい、海鳥《うみどり》だ⁉　たくさんいるぞ。」

約束《やくそく》した三日目《みっかめ》のこと。船員《せんいん》のひとりが、海鳥《うみどり》を発見《はっけん》した。それは、海岸《かいがん》でくらす海鳥《うみどり》だった。海《うみ》にうかぶ小枝《こえだ》なども見《み》られるようになった。

「陸地《りくち》が近《ちか》いんだ！　船長《せんちょう》！」

「ああ。もうインドの近《ちか》くまできているってことだ！」

「よーし、それならもうひとふんばりだ！　やろうぜみんな！」

勇気《ゆうき》の出《で》た彼《かれ》らは、その数日後《すうじつご》、陸地《りくち》を見《み》つける。

「おい！　陸地《りくち》が見《み》えたぞ！」

「インドだ！　ついにインドについた！」

喜《よろこ》びいさんで船《ふね》をとびおり、大地《だいち》に口《くち》づけをするコロンブス。

「ついに、ついに、おれは夢《ゆめ》をかなえられた。……神《かみ》よ、感謝《かんしゃ》します。」

一四九二年《ねん》の十月《がつ》のことだった。

気《き》をよくしたコロンブスは、つづいてジパングを見《み》つけようと周辺《しゅうへん》を探索《たんさく》し、ついにある島《しま》を発見《はっけん》する。

「ここだ！　東方見聞録《とうほうけんぶんろく》から考《かんが》えると、ここここそ黄金《おうごん》の国《くに》ジパングだ！」

じつは、コロンブスたちは大《おお》きなかんちがいをしていた。彼《かれ》らがインドだと信《しん》じて上陸《じょうりく》したのは、カリブ海《かい》のバハマ諸島《しょとう》で、ジパングだと思《おも》ったのはハイチ島《とう》だった。ヨーロッパとアジアのあいだには、当時《とうじ》はまだその存在《そんざい》が知《し》られていなかったアメリカ大陸《たいりく》があった。彼《かれ》らはその東側《ひがしがわ》にぶつかり、上陸《じょうりく》したのだ。だがコロンブスは、そこがアジアだと信《しん》じてうたがわなかった。

こうして「インディオ」と名《な》づけた現地《げんち》の人々《ひとびと》や、めずらしいインコなどをみやげに、コロンブスはスペインにもどった。彼《かれ》は、この歴史的《れきしてき》な航海《こうかい》のヒーローとして大歓迎《だいかんげい》をうけるのである。イザベラ女王《じょおう》からは、その功績《こうせき》により、貴族《きぞく》と提督《ていとく》の称号《しょうごう》をあたえられた。

話題《わだい》の人《ひと》となったコロンブスがあまりにもてはやされたためか、その航海《こうかい》の成功《せいこう》にケチをつけるものたちもあらわれた。

「コロンブスくん、だれにだってできたことで、あまりいい気《き》になるなよ。」

「地球《ちきゅう》は丸《まる》いんだ。おれがいってりゃ、おれが発見者《はっけんしゃ》になってたわけだろ?」

パーティの席《せき》、これをきいたコロンブスは、テーブルから卵《たまご》をとって彼《かれ》らにきいた。

「どなたか卵《たまご》を立《た》てることができますか?」

「なんだって? 航海《こうかい》となんの関係《かんけい》があるんだ?」

「そんなこと、できるわけないじゃないか。」

文句《もんく》をいいながらも、なんとか卵《たまご》を立《た》てようと奮闘《ふんとう》する彼《かれ》らの前《まえ》で、コロンブスはおもむろに卵《たまご》を立《た》ててみせた。殻《から》の下《した》の部分《ぶぶん》をわって立《た》てたのだ。

「ほら、わたしは立《た》てられます。」

「……なんだ、そんなことすれば、だれだってできることだ!」

「……先《さき》ほどあなたがいわれた言葉《ことば》とそっくりですね。だれかがやったことを、あとでとやかくいうのは簡単《かんたん》です。大事《だいじ》なのは、だれが最初《さいしょ》に気《き》づいて実際《じっさい》にやったのか。そうじゃないですか?」

コロンブスの死後《しご》、彼《かれ》が上陸《じょうりく》したのはアメリカ大陸《たいりく》だったと訂正《ていせい》されることになる。コロンブスの冒険《ぼうけん》は、そのほんらいの目的《もくてき》をはたせていなかったわけだ。

しかし、だれもやらなかった西《にし》への大航海《だいこうかい》をコロンブスが実行《じっこう》したことで、アメリカ大陸《たいりく》の存在《そんざい》が、ヨーロッパの人々《ひとびと》に知《し》られるようになった。そして後《こう》継者《けいしゃ》たちにより、世界《せかい》の海《うみ》や大陸《たいりく》がその全貌《ぜんぼう》をあらわすことになった。

ひとりの男《おとこ》の強《つよ》い信念《しんねん》と、未知《みち》の世界《せかい》への挑戦《ちょうせん》が、その後《ご》の世界地図《せかいちず》と歴史《れきし》を大《おお》きく書《か》きかえたことは、まぎれもない事実《じじつ》なのである。

ものしり偉人伝

アジアブームの火《ひ》つけ人《にん》「マルコ・ポーロ」

13世紀《せいき》のベネチア（イタリア）の旅行家《りょこうか》。商人《しょうにん》の父親《ちちおや》につきそって、元《げん》の国《くに》（いまの中国《ちゅうごく》）へいったところ、皇帝《こうてい》フビライ・ハンに気《き》にいられ、彼《かれ》のもとで各地《かくち》のようすを見《み》てまわる仕事《しごと》をまかされるんだ。それから17年間《ねんかん》をかけて、マルコは中国《ちゅうごく》の各地《かくち》や、東南《とうなん》アジアをたずねてまわった。

やがてイタリアに帰《かえ》ってきたマルコは、貿易《ぼうえき》の仕事《しごと》をはじめたものの、戦争《せんそう》がはじまり、つかまって牢屋《ろうや》へいれられてしまうんだ。

その牢屋《ろうや》には、作家《さっか》のルスチケロという男《おとこ》がいた。マルコはそれまで体験《たいけん》したアジアのようすなどを、ルスチケロに話《はな》したんだ。そうしてまとめられたものが『東方見聞録《とうほうけんぶんろく》』なんだよ。

この本《ほん》が出版《しゅっぱん》された当時《とうじ》は、書《か》かれたことをだれも信《しん》じなかった。ところが航海《こうかい》の技術《ぎじゅつ》が発達《はったつ》しはじめた15世紀《せいき》になると注目《ちゅうもく》をあびる。アジアへのあこがれをかきたて、コロンブスなど、香料《こうりょう》や黄金《おうごん》をもとめるたくさんの人々《ひとびと》を、探検航海《たんけんこうかい》へとさそったんだ。

齋藤孝の
偉人《いじん》
かいせつ

コロンブス

コロンブスは、勇気《ゆうき》があったから、アメリカ大陸《たいりく》に上陸《じょうりく》することができたんだね。なんでも、やるまえから「やっぱりダメだ。」って思《おも》う人《ひと》がいるけど、コロンブスのようにあきらめないでがんばりつづけると、思《おも》わぬ成果《せいか》がえられることがあるんだよ。コロンブスもアジアへいこうとがんばったら、アジアへはいけなかったけど、アメリカ大陸《たいりく》にいきついちゃったんだ。

ぼくはこれを、「勇気《ゆうき》が副産物《ふくさんぶつ》をよぶ。」といっている。たとえば、きつい練習《れんしゅう》をともにしたなかまとは、たとえ夢《ゆめ》がかなわなくても、かけがえのない友情《ゆうじょう》でむすばれたりする。これも思《おも》わぬ成果《せいか》＝《イコール》副産物《ふくさんぶつ》だよね。

みんなも勇気《ゆうき》をもって、いろんなことにチャレンジしてほしい。遺伝子学者《いでんしがくしゃ》の人《ひと》にきいたんだけど、チャレンジをしていると、遺伝子《いでんし》のスイッチがオンになって、新《あたら》しい能力《のうりょく》が発揮《はっき》できるんだって。きみの中《なか》で眠《ねむ》っている才能《さいのう》の遺伝子《いでんし》をオンにしてくれるのは、真剣《しんけん》にチャレンジする精神《せいしん》なんだ。

ソクラテスとプラトン

真理《しんり》をもとめた古代《こだい》の賢人《けんじん》たち

ソクラテス（紀元前 469 年ごろ～紀元前 399 年）
プラトン（紀元前 427 ～紀元前 347 年）
古代ギリシアの哲学者。対話を大切にし、
自分の無知を知ることが、自分を知るはじまりだとした。
プラトンはソクラテスの弟子で、その教えをひろめた。

「おい、きみ。ちょっときいていいかな？」

紀元前《きげんぜん》五世紀《せいき》、古代《こだい》ギリシア時代《じだい》の都市《とし》アテネ。広場《ひろば》でくつろいでいる青年《せいねん》に、初老《しょろう》の太《ふと》った男《おとこ》がひょこひょこと近《ちか》づいてきて声《こえ》をかけた。口《くち》もととあごにはりっぱなひげをたくわえ、頭《あたま》ははげあがっている。身《み》なりはとてもきれいとはいえず、足《あし》にはなにもはいていない。

「えっ？　はあ、なんでしょうか？」

「きみは『幸《しあわ》せ』になるにはどうすればいいと思《おも》う？」

ひげの男《おとこ》は、ぎょろりとした目《め》を青年《せいねん》にむけてたずねた。

「幸《しあわ》せ……？　なんですか、いきなり？」

「いいから、いいから。きみの考《かんが》える幸《しあわ》せについて教《おし》えてくれんかな。」

「……うーん。そうだなあ、やっぱりお金持《かねも》ちになることかなあ？」

「お金《かね》持《も》ちになれば、幸《しあわ》せになれるのかな？　お金《かね》はオッカネーもんだと、よくいわれるが。」

「はは、そりゃ、お金《かね》だけじゃ幸《しあわ》せにはなれないだろうけど……。」

「じゃあ、なにが幸《しあわ》せなんだろうなあ？」

「あとは、うーん……恋人《こいびと》とか、家庭《かてい》？　いい仕事《しごと》？　その全部《ぜんぶ》かな？」

「その全部《ぜんぶ》があれば、きみは幸《しあわ》せになれるんだろうか？　カミさんのことでなやんでいる男《おとこ》も多《おお》いぞ、わしのようにな、はっは。」

「えー、まあ。……そうともかぎらないでしょうけど……。うー、もう、わかりません！　そんなのわからないですよ！　いいでしょ、もう！」

「ほっほ、これは失礼《しつれい》した。わからない、いや、けっこうけっこう。わからないということがわかりましたかな。」

ひげの男《おとこ》は、満足《まんぞく》げに笑《わら》い、またひょこひょこと広場《ひろば》をあるきはじめた。

青年《せいねん》が横目《よこめ》でおっているど、今度《こんど》は木陰《こかげ》にいるグループに声《こえ》をかけている。

「はは、きっとおなじことをきいているんだな。おかしなおっさんだな。なんなんだ？　酔《よ》っぱらいじゃなかったようだが。」

このひげの男《おとこ》の名《な》はソクラテス。

彼《かれ》はアテネの町《まち》かどで人々《ひとびと》をつかまえては、いろんな問《と》いかけをしていた。

また、政治家《せいじか》や知識人《ちしきじん》とよばれる人々《ひとびと》の演説《えんぜつ》をききにいっては、質問《しつもん》をなげかけていた。

「さっき、よい政治《せいじ》とおっしゃったが、それはどういう意味《いみ》でしょうか？　わしにはわからないので、やさしく教《おし》えてはいただけんだろうか？」

ソクラテスの質問《しつもん》は、単純《たんじゅん》なのだが、こたえようとすると、じつに深《ふか》いことがわかる。質問《しつもん》に相手《あいて》がこたえればこたえるほど、深《ふか》みにはまってしまう。そして最後《さいご》には、大切《たいせつ》なことはなにもわかっていないことが見《み》えてくる。政治家《せいじか》や知識人《ちしきじん》は、みんなの前《まえ》で恥《はじ》をかかされるはめになるのである。

これは人々《ひとびと》にとって痛快《つうかい》なできごとで、市民《しみん》はソクラテスに拍手《はくしゅ》をおくった。

「見《み》たか、こたえにつまったときのあいつの顔《かお》！　けっさくだったな。」

「いつも、えらそうな顔《かお》してやがるからな。いい気味《きみ》だ。」

「あの質問《しつもん》したおっさんだろ？　ソクラテスっていうの。」

「そうそう。とぼけた感《かん》じで質問《しつもん》してるけどさ、すごいきれ者《もの》だよな。」

ソクラテスは外見《がいけん》はさえなかったし、身《み》なりもきれいではなかった。しかし彼《かれ》がひとたび口《くち》をひらくと、その話《はなし》にみんなひきこまれるのだ。

ソクラテスは、みんなに「無《む》知《ち》の知《ち》」について知《し》ってもらおうとしていた。

「わしのことを賢人《けんじん》というものがいるようだが、この世《よ》に本当《ほんとう》の賢人《けんじん》などおらんのだ。」

ソクラテスは広場《ひろば》にこしをかけ、あつまった若者《わかもの》たちに語《かた》りかけた。

「この世《よ》の真理《しんり》がわかっておる人《ひと》などおらんのだ。わしもそうだ。ただ、知識《ちしき》人《じん》とよばれる連中《れんちゅう》は、それが自分《じぶん》にはわかっているとかんちがいしておる。」

ソクラテスは、いたずらっぽい笑《わら》い顔《がお》をしてつづけた。

「わしとは、そこがちがう。わしは、わしがなにも知《し》らないことを知《し》っておる。つまり、そのぶんだけ、わしのほうが知識《ちしき》があるってことなんだな。」

みんながどっと笑《わら》った。

そのあとソクラテスは急《きゅう》にまじめな顔《かお》になり、みんなを見《み》わたしていった。

「まずは、自分《じぶん》がなにも知《し》らないことを知《し》ること。わかったつもりではなく、無知《むち》を知《し》ることから、本当《ほんとう》の『知《ち》』ははじまるんだよ。」

ソクラテスの話《はなし》は若者《わかもの》の心《こころ》をとらえ、彼《かれ》をしたう弟子《でし》がふえていった。


ところがソクラテスをよく思《おも》わない人々《ひとびと》もいた。

彼《かれ》らは、若者《わかもの》たちの態度《たいど》や言葉《ことば》の乱《みだ》れなどが、ソクラテスのせいだと考《かんが》えた。ソクラテスは毒《どく》をまきちらす有害《ゆうがい》な人物《じんぶつ》だというのだ。

また、彼《かれ》に恥《はじ》をかかされた政治家《せいじか》や知識人《ちしきじん》にとっては、ソクラテスは、やりかえしたい存在《そんざい》であり、これから先《さき》にもじゃまな存在《そんざい》だった。

「近《ちか》ごろの青年《せいねん》たちときたら！　まるで堕落《だらく》している。」

「ソクラテスによってたぶらかされているのだ。」

「そうだ。へりくつばかりいいおって！　これもソクラテスの影響《えいきょう》だ。」

「ソクラテスをつかまえろ！　そして裁判《さいばん》にかけるのだ。」

こうしてソクラテスはつかまり、裁判《さいばん》にかけられた。七十歳《さい》のときである。

「ソクラテスよ、おまえは青年《せいねん》たちに、知識人《ちしきじん》とよばれるものはみんな無知《むち》だと話《はな》したのか。」

「そのとおり。」

「神《かみ》よりも、自分《じぶん》の魂《たましい》が重要《じゅうよう》だといったのか。」

「まさにそのとおりだ。」

ソクラテスは、あやまったり、いいわけのような言葉《ことば》はひとことも口《くち》にしなかった。いつもどおりの調子《ちょうし》で、いつもどおりの発言《はつげん》をした。

「なぜ、そのようなうそをいいふらしているのか？」

「うそ？　うそとはなんですかな？　人間《にんげん》にとって、もっとも大切《たいせつ》なことを教《おし》えようとすることを、うそというのですか？」

「なんと！」

「そもそも、なぜこんな裁判所《さいばんしょ》によばれたのか、さっぱりわかりませんな。ほんらいいならば、感謝会《かんしゃかい》にでもまねかれてごちそうされるべきなんだが……。」

「うぬぬ‼」

ソクラテスにしてみれば、わるいことをした自覚《じかく》などまったくないとはいえ、反省《はんせい》の色《いろ》が見《み》えない彼《かれ》の態度《たいど》に、裁判員《さいばんいん》がいい印象《いんしょう》をもつわけはなかった。

ほどなく裁判《さいばん》はおわった。

「では、判決《はんけつ》をいいわたす！」

ソクラテスはじっと目《め》をとじていた。

「青年《せいねん》たちをあやまった道《みち》にみちびいた罪《つみ》により、ソクラテスは死刑《しけい》‼」

「そんなばかな！」

見《み》まもっていた弟子《でし》たちがさけんだ。

ソクラテスは目《め》をとじ、だまったままだった。


「先生《せんせい》！　今回《こんかい》の裁判《さいばん》はまちがっています。」

牢屋《ろうや》にいれられたソクラテスのところに、多《おお》くの弟子《でし》があつまっていた。

「なぜぼくたちと話《はなし》をしただけで、死刑《しけい》にならねばならないのでしょう⁉」

「先生《せんせい》をきらう連中《れんちゅう》の陰謀《いんぼう》だと、町《まち》でもうわさになっているくらいです。」

「こんな、しくまれた裁判《さいばん》の結果《けっか》にしたがうことなんてありませんよ！」

「そうです。いくらまちがった裁判《さいばん》だとはいえ、このままここにいたら殺《ころ》されてしまいます。にげてください。」

「ソクラテス先生《せんせい》、おねがいします！」

牢屋《ろうや》の中《なか》にすわり、弟子《でし》たちの声《こえ》をしずかにきいていたソクラテスは、やがて口《くち》をひらいた。

「……いいかね。法《ほう》というものは、守《まも》られるためにあるものなのだ。わしは、法《ほう》のさだめにしたがうだけだ……。」

「……先生《せんせい》‼」

弟子《でし》たちは泣《な》きくずれた。

ソクラテスは落《お》ちついた声《こえ》で、弟子《でし》たちに語《かた》りかけた。

「わしのために泣《な》いているのか……ありがとう。でも泣《な》くことはないぞ。わしの魂《たましい》は、きみたちがひきついでくれるのだから。」

そしてソクラテスは、いつもとおなじ調子《ちょうし》で楽《たの》しげにいった。

「さあ、泣《な》いていないで、みんなで語《かた》ろうじゃないか。まだ時間《じかん》はある。」

死刑執行《しけいしっこう》の当日《とうじつ》も、語《かた》らいはつづいた。ソクラテスは笑《わら》い、弟子《でし》たちは泣《な》いていたという。やがて運《はこ》ばれてきた毒《どく》いりの杯《さかずき》を、みずからぐっと飲《の》みほしたソクラテスは、弟子《でし》たちにかこまれて、しずかに息《いき》をひきとった。

ソクラテスは学者《がくしゃ》ではあったが、本《ほん》は一冊《さつ》も書《か》いていなかった。

「ソクラテス先生《せんせい》のすばらしい教《おし》えをとだえさせてはならない！」

弟子《でし》のひとりだったプラトンは、ソクラテスの教《おし》えについて書《か》きとめようと、『ソクラテスの弁明《べんめい》』という本《ほん》を書《か》きあげた。いま、ソクラテスの考《かんが》えなどがわかるのは、この本《ほん》をはじめとする弟子《でし》たちの記録《きろく》によってである。

「人間《にんげん》の幸福《こうふく》は、お金《かね》や地位《ちい》ではなく、その精神《せいしん》によってきまるのだ。」

ソクラテスはそう説《と》いた。

敬愛《けいあい》する師《し》の理想《りそう》とする世界《せかい》を実現《じつげん》させようと、プラトンは「アカデメイア」という学校《がっこう》をひらいた。これはいまの大学《だいがく》のもとになったものだ。

アカデメイアは、「学問《がくもん》の父《ちち》」とよばれ、アレキサンダー大王《だいおう》の教師《きょうし》にもなったアリストテレスをそだてるなど、ヨーロッパの学問《がくもん》の発展《はってん》と、その歴史《れきし》において重要《じゅうよう》な存在《そんざい》となる。

「哲学《てつがく》の祖《そ》」とされるソクラテスであるが、哲学《てつがく》だけではなく、とてつもなく大《おお》きな影響《えいきょう》を後世《こうせい》にあたえているのである。

ものしり偉人伝

古代《こだい》ギリシアの哲学者《てつがくしゃ》「アリストテレス」

ソクラテス、プラトン、アリストテレスは、古代《こだい》ギリシアを代表《だいひょう》する３人《にん》の哲学者《てつがくしゃ》なんだ。

プラトンの弟子《でし》だったアリストテレスは、さまざまな知識《ちしき》の整理《せいり》をし、それらを学問《がくもん》の形《かたち》としてまとめあげた。そのため彼《かれ》は、「学問《がくもん》の父《ちち》」とよばれているんだよ。

アリストテレスは、アテネでプラトンの学校《がっこう》「アカデメイア」に入学《にゅうがく》し、学問《がくもん》をふかめて、やがてこの学校《がっこう》の先生《せんせい》となった。そのあとアッソス（いまのトルコ）に学校《がっこう》をひらいたり、動物《どうぶつ》の研究《けんきゅう》などをしてすごしていたんだ。

「いろんなことを知《し》っている、おもしろい男《おとこ》がいる。」アリストテレスのうわさは、やがてマケドニアの王《おう》にとどき、彼《かれ》の息子《むすこ》のアレキサンダーの家庭教師《かていきょうし》としてやとわれた。アリストテレスは毎日《まいにち》アレキサンダーとともにすごし、世界《せかい》のさまざまな知識《ちしき》を教《おし》え、彼《かれ》が国王《こくおう》になるまでつかえた。このアレキサンダーはその後《ご》、世界《せかい》の歴史《れきし》に名《な》をとどろかす大王《だいおう》となるんだよ。

齋藤孝の
偉人《いじん》
かいせつ

ソクラテスとプラトン

ソクラテスとプラトンは、師弟《してい》とはいっても、いばった先生《せんせい》とだまってしたがう弟子《でし》という関係《かんけい》じゃない。議論《ぎろん》をする関係《かんけい》だ。ギリシアは民主主義《みんしゅしゅぎ》がうまれた国《くに》なんだけど、古代《こだい》からこういった議論《ぎろん》を大切《たいせつ》にする風土《ふうど》があったんだろうね。

じつはソクラテスは、一冊《さつ》も本《ほん》を書《か》いてない。いまぼくたちが、ソクラテスの考《かんが》えたことを知《し》ることができるのは、プラトンが彼《かれ》との対話《たいわ》を、本《ほん》にしてのこしてくれたからなんだよ。もちろん、いまとなっては、どこまでがソクラテスのいったことで、どこまでがプラトン自身《じしん》の考《かんが》えなのか、もうわからない。でも、ふたりの偉大《いだい》な哲学者《てつがくしゃ》の考《かんが》えたことは、ばっちりつたわっているよ。

ぼくも、学生時代《がくせいじだい》には読書会《どくしょかい》といって、みんなでおなじ本《ほん》を読《よ》んで議論《ぎろん》をしたりしたけど、それはとてもおもしろかったし、ためになっている。みんなも、ときには、友《とも》だちと本《ほん》を読《よ》んで議論《ぎろん》をしてみると、自分《じぶん》の考《かんが》えをいうのがじょうずになったり、新《あたら》しい発見《はっけん》があるかもしれないよ。

日本《にっぽん》の文化《ぶんか》や社会《しゃかい》にも大《おお》きな影響《えいきょう》をあたえた思想家《しそうか》

孔子《こうし》

孔子（紀元前 551 ごろ〜紀元前 479 年）
中国の儒教の創始者。「仁」（人を愛する心）こそが、
人の生きていくうえで、もっとも大切なことだとした。
その教えは弟子たちの手によって
『論語』にまとめられている。

中国《ちゅうごく》の歴史《れきし》は古《ふる》く、紀元前《きげんぜん》四〇〇〇年《ねん》ごろ、黄河《こうが》の流域《りゅういき》を中心《ちゅうしん》に文明《ぶんめい》がおきている。それからいくつかの都市国家《としこっか》の時代《じだい》や、殷王朝《いんおうちょう》、周王朝《しゅうおうちょう》などの一国《いっこく》が支配《しはい》する時代《じだい》をへて、紀元前《きげんぜん》七〇〇年《ねん》くらいからは、諸侯《しょこう》とよばれる小《ちい》さな国々《くにぐに》がその領土《りょうど》をうばいあう時代《じだい》となる。およそ五百五十年間《ねんかん》ほどつづく、この小《ちい》さな国々《くにぐに》の争《あらそ》いの時代《じだい》を、中国《ちゅうごく》の「春秋戦国時代《しゅんじゅうせんごくじだい》」とよぶ。

孔子《こうし》が生《い》きたのは、そんな戦争《せんそう》のたえない時代《じだい》のことだ。

孔子《こうし》は、いまの山東省《さんとうしょう》にあたる魯《ろ》の国《くに》で、学者《がくしゃ》として活躍《かつやく》をしていた。やがてその博識《はくしき》ぶりが注目《ちゅうもく》され、国《くに》の役人《やくにん》となる。

なにより国《くに》のため、人々《ひとびと》のためを考《かんが》え、自分《じぶん》の苦労《くろう》などはいとわなかった孔子《こうし》の姿勢《しせい》は、みんなを感心《かんしん》させた。ついには五十歳《さい》のとき、大司寇《だいしこう》とよばれる大臣《だいじん》に任命《にんめい》され、国《くに》の政治《せいじ》に腕《うで》をふるうようになった。

そのときの孔子《こうし》が思《おも》い描《えが》いていた国《くに》の理想《りそう》は、周《しゅう》の国《くに》だった。周《しゅう》は、紀元前《きげんぜん》一一〇〇年《ねん》ごろから約《やく》四百年間《ねんかん》、中国《ちゅうごく》の広大《こうだい》な土地《とち》を支配《しはい》していた、古代中国《こだいちゅうごく》の王朝《おうちょう》だ。

「いまの魯《ろ》の国《くに》の政治《せいじ》は、戦争《せんそう》ばかりで、人々《ひとびと》への思《おも》いやりがまったくたりていない。ここは思《おも》いきった改革《かいかく》が必要《ひつよう》だな。」

孔子《こうし》は改革《かいかく》をすすめようとした。

ところが、この政策《せいさく》が孔子《こうし》の運命《うんめい》を大《おお》きくかえることになった。これまでのしきたりがこわれるのをいやがったり、自分《じぶん》の身《み》をまもろうとする役人《やくにん》たちが、反対《はんたい》の声《こえ》をあげて孔子《こうし》をおいだしてしまったのだ。

孔子《こうし》はショックをうけた。

「なんということだ。国《くに》のために、人々《ひとびと》のためにやろうとしているのに。」

そして彼《かれ》は考《かんが》えた。理想《りそう》の国《くに》や、理想《りそう》の人間社会《にんげんしゃかい》について。

しかし考《かんが》えれば考《かんが》えるほど、やる気《き》のない役人《やくにん》がのさばる魯《ろ》の国《くに》では、彼《かれ》の理想《りそう》はかなえられそうになかった。

そしてついに、決心《けっしん》をしたのだ。

「ほかの国《くに》へいって、わたしの考《かんが》えをきいてもらおう。そもそもひとつの国《くに》にこだわる必要《ひつよう》などないのだから。」

こうして孔子《こうし》の、諸国《しょこく》への旅《たび》がはじまった。

「『仁《じん》』とは、人《ひと》を愛《あい》すること。思《おも》いやりの心《こころ》であり、力《ちから》です。」

「『義《ぎ》』とは、自分《じぶん》の利益《りえき》をもとめない心《こころ》。」

「『礼《れい》』とは、ほかの人《ひと》に対《たい》するときの、自分《じぶん》の心《こころ》をあらわす行為《こうい》です。」

このように孔子《こうし》は、政治《せいじ》をおこなう人物《じんぶつ》には「仁《じん》」や「義《ぎ》」などの人徳《じんとく》がかかせないという、徳《とく》による政治《せいじ》のすばらしさを国々《くにぐに》に説《と》いてあるいた。しかし、戦争《せんそう》がたえない春秋戦国《しゅんじゅうせんごく》の時代《じだい》に、こうした意見《いけん》がうけいれられることはなかった。諸国《しょこく》の王《おう》は、孔子《こうし》を笑《わら》いとばした。

「とんだたわごとだな！　孔子《こうし》とやら、おまえは戦争《せんそう》をしている敵国《てきこく》を思《おも》いやれというのか？　剣《けん》をふりかざし、斬《き》りつけてくる相手《あいて》を愛《あい》せというのか？

いま、大切《たいせつ》なのは戦《たたか》いに勝《か》つこと、そしてそのための政治《せいじ》なのだ！」

周辺国《しゅうへんこく》である衛《えい》や、陳《ちん》の国《くに》も、魯《ろ》の国《くに》となんらかわりはなかった。

「わたしのいう政治《せいじ》が実現《じつげん》すれば、戦争《せんそう》などこの世《よ》からなくなるのだ。なぜわからないのか……。」

孔子《こうし》の諸国《しょこく》をめぐる旅《たび》は、じつに十四年《ねん》におよんだ。しかし、彼《かれ》の理想《りそう》の政《せい》治《じ》をききいれる国《くに》は、ついに見《み》つからなかった。

「国《くに》をつかさどる人々《ひとびと》がこれでは、もうどうしようもない。彼《かれ》らの目《め》は、わたしとはちがう方向《ほうこう》をむいている。」

失望《しつぼう》した孔子《こうし》は、ついに政治《せいじ》に見《み》きりをつけた。

「魯《ろ》の国《くに》へもどろう。そして民衆《みんしゅう》に、わたしの考《かんが》えをつたえることにしよう。これからの社会《しゃかい》をつくる人々《ひとびと》に……。」

こうして魯《ろ》にもどった孔子《こうし》は、世界《せかい》ではじめてとなる学校《がっこう》をひらいた。こ

こで「仁《じん》」や「義《ぎ》」を基本《きほん》にした道徳《どうとく》の教育《きょういく》をはじめたのだ。

「『智《ち》』とは、ものの善悪《ぜんあく》を見《み》わける力《ちから》。これがないと『仁《じん》』も、ただのばか者《もの》の愛情《あいじょう》に落《お》ちてしまいます。」

「『信《しん》』とは、人《ひと》をうらぎらないこと。だまさないこと。」

孔子《こうし》の話《はなし》は多《おお》くの人々《ひとびと》の胸《むね》をうち、共感《きょうかん》をよんだ。やがて学校《がっこう》を中心《ちゅうしん》に、彼《かれ》に師事《しじ》する弟子《でし》の数《かず》は三千人《にん》にもなった。

しかしそのいっぽうで、彼《かれ》の長男《ちょうなん》や、かわいがっていた弟子《でし》が亡《な》くなるなど、孔子《こうし》の不運《ふうん》はつづいた。そして紀元前《きげんぜん》四七九年《ねん》、孔子《こうし》は亡《な》くなってしまう。聖人《せいじん》とさえいわれた人物《じんぶつ》の、あまりにもさびしすぎる最期《さいご》だった。

ただ、孔子《こうし》のまいた種《たね》は、大《おお》きな力《ちから》をもっていた。

「先生《せんせい》の教《おし》えを、書《か》きとめておこう！」

「そうだ！　そしてもっとたくさんの人《ひと》に知《し》ってもらおう！」

「それが我々《われわれ》の使命《しめい》なんだ！」

孔子《こうし》の死《し》後《ご》、弟子《でし》たちは、孔子《こうし》の言葉《ことば》やおこないを『論語《ろんご》』として書物《しょもつ》にまとめた。ここには、孔子《こうし》の説《と》いた思《おも》いやりの心《こころ》や、親《おや》や目上《めうえ》の人《ひと》に対《たい》する尊敬《そんけい》の気持《きも》ちなど、個人《こじん》の道徳《どうとく》や、理想《りそう》の社会《しゃかい》について書《か》き記《しる》されている。

『論語《ろんご》』による孔子《こうし》の教《おし》えは、やがて「儒教《じゅきょう》」としてひろがっていく。

このあとの時代《じだい》の中国《ちゅうごく》で、一大国家《いちだいこっか》としてさかえた漢《かん》の国《くに》では、儒教《じゅきょう》を国《くに》をおさめる手本《てほん》の考《かんが》えとしてとりあげた。その後《ご》、儒教《じゅきょう》は中国《ちゅうごく》から朝鮮《ちょうせん》や日本《にっぽん》にもつたわり、その社会《しゃかい》や文化《ぶんか》にたいへん大《おお》きな影響《えいきょう》をあたえることとなるのだ。

「『仁《じん》』とは、人《ひと》を愛《あい》することなり。」

親子《おやこ》のあいだに流《なが》れるようなしぜんな愛情《あいじょう》こそ、わたしたち人間《にんげん》にとってもっとも大切《たいせつ》なものだと説《と》いた孔子《こうし》は、キリスト、釈迦《しゃか》、ソクラテスとともに、「世界《せかい》の四大聖人《よんだいせいじん》」とされている。その教《おし》えは、時代《じだい》や地域《ちいき》をこえて説得力《せっとくりょく》をもつ、人類《じんるい》に共通《きょうつう》したテーマでもある。

ものしり偉人伝

孔子《こうし》のあと、儒教《じゅきょう》をひろめた思想家《しそうか》「孟子《もうし》」

孟子《もうし》は、孔子《こうし》ののこした儒教《じゅきょう》をうけついで、発展《はってん》させた中国《ちゅうごく》の戦国時代《せんごくじだい》の思想家《しそうか》だよ。「人間《にんげん》は生《う》まれたときには、みんな善《ぜん》の性質《せいしつ》をもっている。それが、貧《まず》しかったり、よくばったりすることから悪《あく》がおこる。」という、「性善説《せいぜんせつ》」をとなえたんだ。「だからこそ人々《ひとびと》の生活《せいかつ》を安定《あんてい》させることと、教育《きょういく》が大事《だいじ》になるのだ。」と、諸国《しょこく》の王《おう》に説《と》いてまわった。ところが、きびしい戦国時代《せんごくじだい》では、「なまぬるい考《かんが》えだ。」と、ほとんどうけいれられなかったんだ。

それでも孟子《もうし》の教《おし》えは、弟子《でし》たちによって『孟子《もうし》』7編《へん》にまとめられた。これはのちの儒教《じゅきょう》の必読書《ひつどくしょ》として、いまものこっているよ。

孟子《もうし》といえば、彼《かれ》のお母《かあ》さんの話《はなし》が有名《ゆうめい》だ。父親《ちちおや》の亡《な》くなった孟子《もうし》を、女手《おんなで》ひとつでりっぱにそだてたすごい人《ひと》とされている。彼女《かのじょ》は、すんでいる家《いえ》のまわりにあるものが孟子《もうし》にあたえる影響《えいきょう》を考《かんが》えて、彼《かれ》の教育《きょういく》にいい環境《かんきょう》をもとめて、家《いえ》を3回《かい》もかえた。これを孟母三遷《もうぼさんせん》というんだ。

齋藤孝の偉人《いじん》かいせつ

孔子《こうし》

孔子《こうし》は、日本人《にほんじん》の内側《うちがわ》にすごくはいりこんでいる人物《じんぶつ》だよ。ぼくたちは、ふだんの生活《せいかつ》の中《なか》で、よいこと、わるいことと、ふつうに考《かんが》えているけど、それはじつは孔子《こうし》の影響《えいきょう》をうけている。江戸時代《えどじだい》は孔子《こうし》の書《か》いた『論語《ろんご》』が学問《がくもん》の中心《ちゅうしん》で、それがいまの日本人《にほんじん》の考《かんが》えかたにつながっているんだ。

論語《ろんご》に「いま、なんじは限《かぎ》れり。」という言葉《ことば》がある。ある弟子《でし》が孔子《こうし》に、「先生《せんせい》のおっしゃることはわかるのですが、自分《じぶん》がやるとなると、力不足《ちからぶそく》でなかなかできません。」といったところ、孔子《こうし》がきびしくかえした。「本当《ほんとう》にいっしょうけんめいにやる人《ひと》は、たおれるまでやるものだ。おまえは自分《じぶん》の限界《げんかい》をかってにきめて、努力《どりょく》をしないいいわけにしているのだ。」と。

こういうきびしい言葉《ことば》もいってくれる先生《せんせい》が、本当《ほんとう》のいい先生《せんせい》だ。いい先生《せんせい》を見《み》つけるのは、人生《じんせい》でとても大切《たいせつ》なこと。実在《じつざい》する人《ひと》じゃなく、歴史上《れきしじょう》の人物《じんぶつ》でもいい。みんなも勉強《べんきょう》したり本《ほん》を読《よ》んで、いい先生《せんせい》を見《み》つけよう！

暴力《ぼうりょく》をつかわずにインドの独立《どくりつ》を勝《か》ちとったリーダー

ガンジー

モハンダス・カラムチャンド・ガンジー
（1869～1948年）
インドの思想家であり、政治運動のリーダー。
長いあいだインドを植民地にしていた
イギリスにたちむかい、非暴力・
不服従運動によってインドの独立をなしとげた。

「さあ、新《あたら》しい生活《せいかつ》のはじまりだ！」

一八九三年《ねん》、二十三歳《さい》の若者《わかもの》が、南《みなみ》アフリカにやってきた。若者《わかもの》の名《な》はモハンダス・カラムチャンド・ガンジー。インド人《じん》である。商社《しょうしゃ》に弁護士《べんごし》としてやとわれ、はるばる南《みなみ》アフリカの会社《かいしゃ》へやってきたのだ。彼《かれ》はこれからはじまる仕事《しごと》に胸《むね》をふくらませ、汽車《きしゃ》の客車《きゃくしゃ》にはいっていった。

じろり。客《きゃく》の何人《なんにん》かがガンジーを見《み》た。顔《かお》をしかめる人《ひと》もいた。

「？」

なにかと思《おも》いながら座席《ざせき》に腰《こし》をかけると、すぐに男《おとこ》が声《こえ》をかけてきた。

「おい、なに腰《こし》かけてるんだよ。ここはおまえのいるところじゃねえ。」

「え？」

ガンジーはわけがわからずに相手《あいて》を見《み》た。そして、車内《しゃない》を見《み》まわしていった。

「おそれいります。でもここは一等車《とうしゃ》だとわかっていますよ。わたしは一等車《とうしゃ》の切符《きっぷ》をもっています。」

「もっていたって関係《かんけい》ねえんだよ！　白人《はくじん》だけなんだよ、のっていいのは！」

「なんですって？」

「おまえはインド人《じん》か？　インド人《じん》は三等車《とうしゃ》へいくんだな！」

そこへ車掌《しゃしょう》がやってきた。

「どうしたんですか。」

「ああ、車掌《しゃしょう》さん！　わたしはちゃんと切符《きっぷ》をもっているんですが……。」

切符《きっぷ》を見《み》せようとするガンジーを無視《むし》して、車掌《しゃしょう》は男《おとこ》に声《こえ》をかけた。

「すみません、こちらの不手際《ふてぎわ》で不快《ふかい》な思《おも》いをされたようで……。」

車掌《しゃしょう》はガンジーのほうへむきなおり、きびしい目《め》つきでいった。

「ほら、三等車《とうしゃ》はあっちだ。しっ、しっ！」

ガンジーは強《つよ》いショックをうけた。

「人種差別《じんしゅさべつ》か！」

ここ南《みなみ》アフリカでは白人《はくじん》がすべてにおいて優遇《ゆうぐう》されていて、インド人《じん》などの有色人種《ゆうしょくじんしゅ》の人権《じんけん》は無視《むし》されていたのだ。

「こんなおかしなことがあるか……。わたしはこの差別《さべつ》と闘《たたか》おう！」

ガンジーは南《みなみ》アフリカにとどまり、インド人《じん》の人権《じんけん》をまもるリーダーとして活動《かつどう》をはじめるのである。


そのころ南《みなみ》アフリカは、イギリスの植民地《しょくみんち》になっていた。ガンジーの思《おも》いとはうらはらに、イギリス政府《せいふ》は、そこでくらすインド人《じん》の権利《けんり》をさらになくし、奴隷《どれい》としてあつかえるように法律《ほうりつ》をかえようとした。

たちあがったガンジーは、なかまに暴力《ぼうりょく》によらない闘《たたか》いをよびかけた。

「イギリス政府《せいふ》と闘《たたか》おう！　でも暴力《ぼうりょく》はいけない！　暴力《ぼうりょく》でえたものには、うらみがつきものです。それに暴力《ぼうりょく》は、より強《つよ》い暴力《ぼうりょく》をうみます。」

「ではわたしたちは、どう闘《たたか》えばいいんですか!?」

インド人《じん》のなかまがたずねた。

「非暴力《ひぼうりょく》。手《て》をだすことなく抵抗《ていこう》するのです。」

「でも、そんなことではやられてしまうだけなのでは……？」

「相手《あいて》が暴力《ぼうりょく》をふるったとしても、それによって、わたしたちの心《こころ》までやられてしまうことはありません。」

この非暴力《ひぼうりょく》による抵抗運動《ていこううんどう》を、ガンジーは「サティヤーグラハ」とよんだ。

これは、「真理《しんり》」と「説得《せっとく》」をむすびつけた言葉《ことば》である。

武器《ぶき》をもたず、なぐられても手《て》むかいもしないインド人《じん》に、政府《せいふ》は手《て》をやいた。無抵抗《むていこう》の彼《かれ》らを傷《きず》つけたり、殺《ころ》したりすることはできない。そうすることは、秩序《ちつじょ》をもたない野蛮《やばん》な犯罪者《はんざいしゃ》とおなじだからだ。政府《せいふ》はガンジーたちをやむをえず逮捕《たいほ》した。そのうちに刑務所《けいむしょ》はインド人《じん》であふれかえってしまった。

ガンジーはイギリス政府《せいふ》にきいた。

「どうするんですか？　このままでは、この国《くに》は混乱《こんらん》するだけですよ。」

ねばり強《づよ》いインド人《じん》たちの抵抗運動《ていこううんどう》に、やがてイギリス政府《せいふ》はおれ、新《あたら》しい法律《ほうりつ》をとりやめた。非暴力《ひぼうりょく》の抵抗《ていこう》は、大《おお》きな力《ちから》をうみだしたのだ。

こうして二十二年間《ねんかん》にわたり南《みなみ》アフリカで人種差別《じんしゅさべつ》と闘《たたか》ったあと、ガンジーは母国《ぼこく》インドへもどる。

インドは、十七世紀《せいき》からイギリスの支配《しはい》をうけていた国《くに》だ。十九世紀半《せいきなか》ばからはイギリスの植民地《しょくみんち》になっていた。

ガンジーも、イギリスによって支配《しはい》された社会《しゃかい》でそだち、それに疑問《ぎもん》を感《かん》じていた。ガンジーが弁護士《べんごし》の資格《しかく》をとったのも、もとはといえば、イギリスの支配《しはい》からインドを解放《かいほう》できないかという思《おも》いからだった。

インドにかえったガンジーは、母国《ぼこく》で政治活動《せいじかつどう》をはじめた。

そのころは第一次世界大戦《だいいちじせかいたいせん》の最中《さいちゅう》で、参戦国《さんせんこく》のイギリスは、苦戦《くせん》をしいられていた。イギリスはインドに協力《きょうりょく》を強制《きょうせい》してきた。

「イギリスに協力《きょうりょく》してくれれば、インドの独立《どくりつ》をみとめよう。」

イギリスの提案《ていあん》に、それならばと、インドはたくさんの兵隊《へいたい》をヨーロッパの戦線《せんせん》におくりだした。その成果《せいか》もあって、戦争《せんそう》はイギリス軍《ぐん》ひきいる連合国《れんごうこく》の勝利《しょうり》におわる。

しかしイギリスは、インドとの約束《やくそく》をまもらないどころか、さらにきびしい法律《ほうりつ》をつくり、インド人《じん》に対《たい》するしめつけをきつくしたのだった。

「約束《やくそく》がちがうじゃないか！　イギリスが約束《やくそく》をまもらないのなら、わたしたちインドもイギリスのつくった法律《ほうりつ》にしたがわないようにしよう。非暴力《ひぼうりょく》・不《ふ》服従《ふくじゅう》をもってイギリスと闘《たたか》おう！」

ガンジーはインドの人々《ひとびと》によびかけた。イギリスの支配《しはい》にずっと苦《くる》しんでいたインドの民衆《みんしゅう》は、ガンジーのもとにたちあがった。

当時《とうじ》のイギリスは、インドでとれた綿《めん》で服《ふく》などをつくり、それをインドに売《う》って大《おお》もうけをしていた。そこでガンジーたちは、イギリスの手《て》にわたる綿《めん》などの畑仕事《はたけしごと》をやめた。そしてイギリス製品《せいひん》を買《か》うのをやめ、自分《じぶん》たちだけで成《な》りたつくらしをはじめた。そうすることでイギリスに打撃《だげき》をあたえようというのである。

「この運動《うんどう》は、インドの国中《くにじゅう》がひとつになってこそ大《おお》きな力《ちから》になる。」

ガンジーは簡素《かんそ》な身《み》なりで国中《くにじゅう》の村《むら》をあるいて、人々《ひとびと》に語《かた》りかけた。

「インドの独立《どくりつ》を実現《じつげん》させましょう。インドからイギリスをおいだすのです。そのためにはインドの人々《ひとびと》が、身分《みぶん》にかかわらず一体《いったい》となることが必要《ひつよう》です。」

そして、サティヤーグラハの精神《せいしん》についても説《と》いてまわった。

「暴力《ぼうりょく》はいけません。真理《しんり》と愛《あい》、非暴力《ひぼうりょく》から、わたしたちの力《ちから》は生《う》まれます。」

そして、この運動《うんどう》のさいちゅうに民衆《みんしゅう》が暴力《ぼうりょく》をふるうようなことがあると、ガンジーは運動《うんどう》を中断《ちゅうだん》し、数日間《すうじつかん》の断食《だんじき》をした。こうすることで、彼《かれ》は熱《あつ》くなりすぎた人々《ひとびと》の頭《あたま》をひやし、暴力《ぼうりょく》はいけないことを身《み》をもってつたえたのである。

ガンジーのやわらかく、しかし力強《ちからづよ》い言動《げんどう》は民衆《みんしゅう》の心《こころ》にひびき、非暴力《ひぼうりょく》・不《ふ》服従《ふくじゅう》による独立運動《どくりつうんどう》はしだいに大《おお》きくなっていった。

「ガンジーさん、たいへんです！　イギリスが塩《しお》に税金《ぜいきん》をかけてきました。」

ガンジーたちの運動《うんどう》に対抗《たいこう》したイギリス政府《せいふ》は、インド国内《こくない》で独占《どくせん》している塩《しお》に、重《おも》い税金《ぜいきん》をかけてきたのである。

「塩《しお》は生活《せいかつ》にかかせないものです。どうしましょう？」

「したがうことはありません。でも塩《しお》は必要《ひつよう》ですね。……それでは塩《しお》をとりに海《うみ》へいきましょうか。」

こうして海《うみ》をめざす行進《こうしん》がはじまった。海《うみ》までの距離《きょり》は約《やく》三百九十キロ。最《さい》初《しょ》は数《かぞ》えるほどだった行進《こうしん》の人数《にんずう》は、ガンジーの姿《すがた》に感銘《かんめい》をうけた人々《ひとびと》がしだいにくわわり、ついには海《うみ》へとつづく、とても長《なが》い行列《ぎょうれつ》になった。

これは「塩《しお》の行進《こうしん》」とよばれるニュースとなり、ガンジーのことや、インドの独立運動《どくりつうんどう》について、世界中《せかいじゅう》が知《し》るきっかけのできごとになったのである。

ガンジーは、独立運動《どくりつうんどう》の中心人物《ちゅうしんじんぶつ》として逮捕《たいほ》され、何度《なんど》も牢屋《ろうや》にいれられる。しかし牢屋《ろうや》の中《なか》でも断食《だんじき》をして抵抗《ていこう》した。いつのときもけっして暴力《ぼうりょく》はふるわない彼《かれ》の姿《すがた》をインドの民衆《みんしゅう》も見《み》ならい、彼《かれ》らも断食《だんじき》をして、不当《ふとう》なしうちに抗議《こうぎ》するのである。

そして一九三五年《ねん》、ガンジーたちの運動《うんどう》によって、インドの自治《じち》が、まずみとめられる。さらに第二次世界大戦後《だいにじせかいたいせんご》の一九四七年《ねん》、インドは国《くに》として、イギリスから完全《かんぜん》に独立《どくりつ》をはたすのである。

ただし残念《ざんねん》なことに、宗教《しゅうきょう》のちがいから紛争《ふんそう》がおき、ヒンズー教《きょう》のインドと、イスラム教《きょう》のパキスタンに分裂《ぶんれつ》しての独立《どくりつ》になってしまうのだが……。ガンジーはこの宗教《しゅうきょう》による争《あらそ》いをなくそうと、また各地《かくち》を説得《せっとく》する旅《たび》にでたが、そのとちゅうで、ヒンズー教徒《きょうと》の青年《せいねん》にピストルでうたれて死《し》んでしまう。

「マハトマ」。人々《ひとびと》は尊敬《そんけい》をこめて、ガンジーをこうよぶ。「偉大《いだい》な魂《たましい》」という意味《いみ》である。暴力《ぼうりょく》をまったくつかわず、平和的《へいわてき》な方法《ほうほう》でインドの独立《どくりつ》を勝《か》ちとったガンジーは、インドだけでなく世界中《せかいじゅう》の人々《ひとびと》に尊敬《そんけい》されている。

齋藤孝の
偉人《いじん》
かいせつ

ガンジー

ガンジーはりっぱな信念《しんねん》をもっていただけではなくて、非常《ひじょう》にすぐれた戦略家《せんりゃくか》だったんだ。

「塩《しお》の行進《こうしん》」では、海《うみ》までわざとゆっくり、いろんな場所《ばしょ》をとおって、行進《こうしん》の参加者《さんかしゃ》をふやした。そして世界中《せかいじゅう》のニュースとなることで、世界《せかい》をインドの味方《みかた》につけたんだ。

また自分自身《じぶんじしん》もインド綿《めん》の衣《ころも》をまとい、瞑想《めいそう》や断《だん》食《じき》をする姿《すがた》を見《み》せることで、インドの独立運動《どくりつうんどう》のイメージを、世界《せかい》の人々《ひとびと》にわかりやすく印象《いんしょう》づけたんだね。

質素《しっそ》なかっこうをしているけれど、じつはガンジーはイギリスに留学《りゅうがく》し、弁護士《べんごし》の免許《めんきょ》を手《て》にしたエリートだよ。そしてイギリス人《じん》のやりかたをじかに学《まな》んだことが、イギリスを相手《あいて》にした独立運動《どくりつうんどう》をするのにとても役《やく》だったんだ。

この「非暴力《ひぼうりょく》、不服従《ふふくじゅう》」によるガンジーの運動《うんどう》は、このあとアメリカで人種差別《じんしゅさべつ》をなくす運動《うんどう》を指導《しどう》したキング牧師《ぼくし》にも、大《おお》きな影響《えいきょう》をあたえているんだ。

修了証

あなたは、この「イッキによめる！
世界の偉人伝」を
よみとおしたことを、ここに証明します。
このあとは、「イッキによめる！　日本の偉人伝」
にすすんで、さらに偉人たちの精神を
学んでください。

認定者　明治大学教授　齋藤孝

アインシュタイン	○	モーツァルト	○
ガリレオ・ガリレイ	○	ベートーベン	○
ダ・ビンチ	○	ゴッホ	○
ライト兄弟	○	シャネル	○
エジソン	○	シュリーマン	○
ピカール親子	○	コロンブス	○
カエサル	○	ソクラテスとプラトン	○
ナポレオン	○	孔子	○
ジャンヌ・ダルク	○	ガンジー	○
マザー・テレサ	○		

齋藤《さいとう》 孝《たかし》

1960年、静岡生まれ。東京大学法学部卒業。同大学大学院教育学研究科博士課程等を経て現在、明治大学文学部教授。専攻は教育学、身体論、コミュニケーション論。『宮沢賢治という身体』（世織書房）で'98年宮沢賢治賞奨励賞、『身体感覚を取り戻す』（NHK出版）で新潮学芸賞、『声に出して読みたい日本語』（草思社）で毎日出版文化賞特別賞を受賞。『声に出して読みたい日本語』は、シリーズ260万部を超えるベストセラーとなる。著者累計発行部数は、1000万部超。また、NHK Eテレ「にほんごであそぼ」を総合指導。

ふすい

人物だけでなく、風景にも表情が伝わるよう心理描写を入れ、叙情的な作風を特徴とするイラストレーター。『青くて痛くて脆い』（KADOKAWA）、「京都西陣なごみ植物店」シリーズ（PHP研究所）、『70年分の夏を君に捧ぐ』（スターツ出版）など数多くの小説作品の装画、挿絵を担当。そのほか、児童書、広告、音楽関連のイラストなど幅広く活躍。http://fusuigraphics.tumblr.com/

新装版《しんそうばん》 齋藤孝《さいとうたかし》のイッキによめる！
世界《せかい》の偉人伝《いじんでん》

2010年 11月 26日　第1刷発行
2016年 6月 1日　第8刷発行
2018年 11月 30日　新装版 第1刷発行

編　者／齋藤《さいとう》 孝《たかし》
発行者／渡瀬昌彦
発行所／株式会社講談社
〒112-8001　東京都文京区音羽 2-12-21
電話　編集　03-5395-3542
販売　03-5395-3625
業務　03-5395-3615
印刷所／株式会社精興社
製本所／株式会社国宝社
装　丁／藤田知子
イラスト／ふすい
ＤＴＰ／脇田明日香

ISBN978-4-06-513752-9　N.D.C.913　287p　21cm